夜を創った男たち
キャバクラ王
新冨宏

倉科遼

エキサイティングキャバクラ
CATS
CATS
マスコミ・報道各位
招待パーティー会場
最終審査会場

「現代用語の基礎
日本
流行

㈱レジャーラー

レジャラーズ社員パーティー

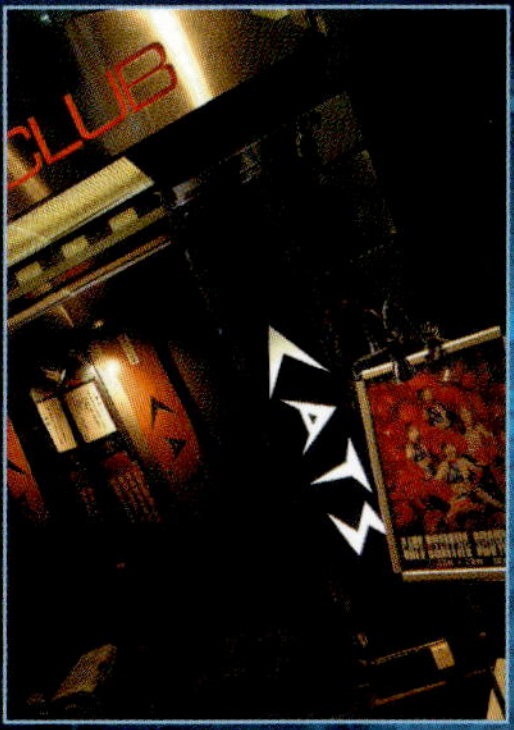
CLUB

●新宿CATS（キャッツ）——東京・新宿歌舞伎町

●蘭○（ランマル）
——東京・新宿歌舞伎町

●PHOENIX（フェニックス）
——東京・池袋

●我我（ガガ）——東京・池袋

夜を創った男たち

キャバクラ王

新冨宏

【目次】

第三章 キャバレー調クラブ

第四章 ロマン

◎装幀◎ G・HIGH
◎協力◎ 大場敬幸(司プロダクション)
◎カバー・口絵(一部)撮影◎ 森下泰樹

プロローグ

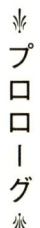

――1985年。

3月から9月まで『つくば万博』が開かれ、電電公社がNTTに、日本専売公社がJTに民営化されたこの年の師走、第2回となる日本新語・流行語大賞の表彰式が行なわれた。

この年、新語部門で金賞となったのは日本人の価値観の多様化・個性化を表現した『分衆』。銀賞は、日本社会党が新宣言草案の中で「愛と知の力のパフォーマンス」と用いて話題を呼んだ『パフォーマンス』だった。

流行語部門では、酒を一気飲みする時の掛け声である『イッキ！　イッキ！』が金賞に、21年ぶりに優勝を遂げた阪神タイガースの熱狂的な応援団を指す『トラキチ』が銀賞に輝いた。

しかしその年、本当の意味で世間を賑わわせた言葉といえば、新語部門で表現賞を受賞した『キャバクラ』だろう――。

ちょうどこの年の2月13日にネオン街にとって脅威となる法律――「風俗営業等の規制及び業務の適正化等に関する法律」が施行された。それは、これまでの「風俗営業等取締法」を拡大・細分化したものだった。

これにより、〝お水・風俗〟の各業種には「営業時間の短縮」「届出制の義務」「報告及び資料の提出」という制約が設けられた。そして多くの店がその影響でネオン街から姿を消した…。

70年代に起こったドル・ショックと二度のオイル・ショックの影響で、それまでネオン街で中核を成していたキャバレー業界は衰退。勢いを失ったネオン街は、その存続のため新たな方向転換を迫られていた。

――そんな時代に彗星《すいせい》のごとく誕生したのが『キャバクラ』だった。

大衆キャバレーの持つ「明朗会計」と「お色気」、そこに高級クラブの持つ「上品さ」を絶妙なバランスで融合させたキャバクラは、84年の誕生と同時に一大センセーショナルを巻き起こし、わずか1年の間に、瞬く間に全国へと広がった。消えかけたネオン街に再び活力の火を灯《とも》したのだ。

新語・流行語大賞の授賞を行なうステージ上では、各言葉に最もなじみの深いとされる人物の姿があった。『分衆』では博報堂生活総合研究所社長が、『パフォーマンス』では日本社会党委員長がステージに立った。そして『キャバクラ』では、その生みの親であり、キャバクラの他に飲食店や不動産管理会社も運営する株式会社レジャラースの社長・新冨宏《にいとみひろし》の姿があった。

水商売の社長というと、いわゆる〝ヤクザ的〟なイメージを抱きがちだが、ステージに立つこの38歳の男性に、そんな雰囲気はまったくなかった。

細身のグレーのスーツに真っ白なワイシャツ、スーツに合わせた爽《さわ》やかなブルーのネクタイを締め、精悍《せいかん》な眼差しだが、その奥には温かみを感じさせるその姿は、同じくステージに立つ一流ビジネスマンか国会議員のようだった…。

――今や星の数ほどあるといわれるキャバクラ。

そのすべての始まりは、このステージの上で穏やかな笑顔を浮かべている男の柔軟な発想によって生み出された…。

――新冨宏。

「キャバクラの生みの親」としてナイトビジネスに限らず、さまざまなメディアから注目され華やかな道を歩く彼の半生は、しかしながら、挫折と裏切り、そして苦悩の連続だった…。

第一章

新《にい》冨《とみ》宏《ひろし》

少年時代

１９４７年１月14日、新冨宏は福岡県八幡市（現在の北九州市八幡東区）に三男二女の三男として生まれた。

八幡市は四大工業地帯のひとつである北九州工業地帯にあり、その要《かなめ》である日本初の近代製鉄所・八幡製鐵所のお膝元であった。ご多分に漏れず、宏の父も八幡製鐵所で働き、宏たち家族を養っていた。

時代は長く辛い戦争の傷跡を至る所に残していた。特に原燃料の不足から鉄鋼業界は壊滅的な状態であったが、46年から八幡製鐵所で開始された集中生産により、生活はまだ苦しいながらも街には活気が戻りつつあった。そんな街で宏は幼少時代を過ごした。

よく晴れた真夏の炎天下、黒煙を上げながら汽車が迫って来る。線路沿いの茂みに身を潜め、その黒い鉄の塊《かたまり》が通過するのを待ち焦がれている小学校低学年の少年が３人…。〝ゴォォォッ〟吹き飛ばされそうな風圧を巻き散らしながら、汽車は少年たちの眼前を通り過ぎていく。その汽車がカーブを曲がり見えなくなると、少年たちは期待に胸膨らんだ表情で線路に駆け寄った。そして、ひとりの少年は身を屈《かが》めると線路の上にある10センチほどの鉄製のモノを拾い上げた。

「カッコイイーッ！」残りのふたりは感嘆の声をもらした。

少年が拾い上げた鉄製のモノは先端の尖《とが》った小さなナイフのようなモノだった。少年たちは、このナイフを宝物でも見るかのように瞳を輝かせて見つめた。

「釘を汽車に轢《ひ》かせてペチャンコにすると、本当にナイフになんだな」

「こんなこと、よく思いつくよな。さすがヒロくん」

少年ふたりはナイフを持つ少年を尊敬の眼差しで褒《ほ》めたたえた。

「へへへ、これでチャンバラしたら本物の刀でやってるみたいだろ。でも、これ作ってんの国鉄の人に見つかると、もの凄い怒られっから、バレないようにやんないとダメなんだ」

この〝ヒロくん〟と呼ばれた少年こそ、幼少時代の新冨宏その人だ――。

幼少時代の宏は、野山を駆け回り、貯水池でザリガニを釣り、釘で作ったナイフで友達とチャンバラをする、ごく普通のワンパクな子供だった。しかし、それだけに好きでないことには見向きもしなかった。

「勉強をやる奴は頭がおかしいんだ。チャンバラとか野球とか、楽しいことはたくさんあるのに、何を好き好んで勉強なんかやってんだ」

そういう宏だけに案の定、通信簿の成績は体育を除いては5段階評価でオール2だった。しかし、そんな宏にも転期が訪れる――。


58年――小学6年生の時、宏はある少女に恋をしていた。長内真美という同じクラスの子だ。

宏たちの通う小学校では、宏も含めたほとんどの生徒はエスカレーター式に同じ市内の中学校に進学することになっていたが、数人の生徒は県外の私立中学校に進学するため、受験勉強に励んでいた。真美は、その数人のうちのひとりだった。

「このままじゃ、真美ちゃんと会えなくなる…」

小学生の狭い世界の中で、県外は海外と同じ遠くにあるものだった。付き合うどころか、まだ口さえロクに利いたことのない宏の片思いだったが、二度と会えなくなってしまうのではないかという焦りで、その胸はいっぱいだった。そして宏は両親に言った。

「僕、私立の中学校に行きたい」

お世辞にも裕福といえる家庭ではなかった。父の稼ぎだけでは育ち盛りの5人兄弟を食べさせていくだけでやっとだった。当然、公立よりもお金のかかる私立への進学をすんなりと認めてもらうことはできなかった。

「私立中？　勉強嫌いのオマエがか？　金を捨てるようなもんだ。公立で充分だろ！」

「どうしても私立に行きたいんです。お願いします」

頭から否定する父に宏は食らいつき粘った。そんな宏の真剣さに、それまで黙っていた母が口を開いた。

「どうしてわざわざ県外の学校に行きたいの？　お友達と離れ離れになっちゃうのよ？」

「それは…」

「好きな子と一緒にいたいから」などとは言えず宏は言葉を濁した。しかし、その思いに気付いてなのか、優しさからか、母はそれ以上の言葉は待たずに話を続けた。

「それでも行きたいと本気で思ってるなら、一生懸命勉強なさい。今の成績じゃ、入りたくても入れないから」

「お、おい…、なに勝手なこと…。どうせ入れっこねぇんだ」

勝手に話を進める母に父は不満の声をもらした。いつもは父の言うことには黙って従っている母だったが、この時は珍しく反論した。

「それはやってみなければわからないじゃない。それに宏が初めて自分からやりたいって言ってるんです。やらせてあげましょうよ。お金ならお店のほうが軌道に乗ってきたから何とかなるでしょうし…」

母は宏が小学校に上がる頃から家計の助けになればと、小さな小料理屋を営んでいた。母がひとりで切り盛りする程度の店だったので、本当に〝助け〟といったぐらいの稼ぎだったが、父だけが家族を養っているわけではなかったので、母が意見を言った時、たいてい父は折れざるを得なかった。

「わかった…。そのかわり半端は許さんからな。わかったな」

「ハイ。ありがとうございます」

――こうして宏は受験勉強を開始した。

それまで机に1時間向かっていることでさえ耐えがたい苦行だった。それでも放課後には学校が進学希望者のために行なう特別補習を受け、家に帰ってからは夜1時過ぎまで猛勉強した……。

それまでであれば、放課後は友達と野山を駆け巡り、家に帰ると夕飯を食べ、10時には床に就いていた。そんな宏が食事と風呂、トイレ以外の時間はひたすら机に向かったのだ。

最初の頃、宏は慣れない生活リズムから睡魔との戦いを余儀なくされた。午前0時頃になると眠くて仕方がなかった。瞼《まぶた》は重く、頭はボーッとした。それでも勉強を続けようとすると目が乾燥したように熱く、自然と涙ぐんできた。しかし、そんな時は冷たい水で顔を洗い気持ちを引き締めると再び机に向かった。すべては真美と同じ学校に入るため――その一念だった。そんな生活が入試までの半年近く続いた。

「大丈夫。あれだけ勉強したんだから……」

受験当日、試験会場に向かう宏は自分自身にそう言い聞かせた。実際、宏の成績は勉強を始めたばかりの1学期の頃と比べると格段に良くなっていた。勉強することも苦には感じなくなったし、むしろ問題が解けることに快感すら感じていた。そう感じられることこそ、宏の努力の証しだった。

しかし、5年間勉強をサボってきた人間が、その間努力した者との差をたった半年で埋められるはずもなく、その1ヵ月後、宏の元に届いた通知には「不合格」という残酷な文字が刻まれていた。そして憧れであった真美には「合格」の通知が…。

こうして宏の初恋は始まることさえ許されずに、その幕を閉じた。受験失敗と失恋——宏にとって人生最初の挫折はふたつ同時に訪れた。


しかし、この挫折は一時の敗北感でしかなく、半年間の努力は宏の人生を大きく変えた。

他の同級生たちと同じ市内の中学校に入学した宏は、勉強することがすっかり生活の一部となっていた。そのおかげで成績も上から数えたほうが早いほどだったし、元来の運動好きから入部した陸上部では1500メートル走の選手となり、周囲から一目置かれる存在となった。

苦しいことから逃げずに努力した者にだけ与えられる充実感、そこでしか見られない世界があるということを知った。これが後に、挫折と苦悩を繰り返しながらも、後ろを振り返ることなく前だけを向いて進んでいく宏の礎《いしずえ》となる。

しかし、この頃の宏は自分にそんな過酷な運命が待ち受けていることなど知る由《よし》もなく、高校卒業後は父と同じ八幡製鐵所に就職するつもりでいた。それは将来の夢やしたい仕事がなかったからということもあったが、それ以上に、自分が両親を食べさせてあげたい、安心させたいという親孝行の気持ちからだった。

そのため県内の進学校に入学した後も、宏は進路への悩みを抱えることもなく、その青春を謳歌《おうか》した。

しかし3年生になり、卒業という言葉に現実味が帯びてくると、宏の胸中にそわそわと落ち着かない、漠然とした感情が徐々に広がっていった。

「俺、このまま就職して本当にいいのか？」

それは将来への不安なのかもしれない。違う人生を探したいという好奇心なのかもしれない。とにかく、このまま惰性のように進んではいけないと、宏の中の何かが警笛を鳴らしていた。

そして日に日に大きく耳障りに鳴るその警笛は宏をひとつの決意へと導いた。

「東京に行ってみよう…」

なぜそう思ったのか、宏自身にもわからなかった。なぜ東京なのかさえも…。ただ時代は、10月に日本最初の新幹線である東海道新幹線の開業を待ち望んでいた頃——東京は今よりもはるかに遠くにあった。情報も現在のようにリアルタイムで伝わっているとはいえなかった。それだけに東京は輝いて見えた。

同じく10月に東京オリンピックの開会を控え、その気運は日増しに高まっていた。だからだったのかもしれない。『東京』という響きには、まばゆいばかりの希望が備わって見えた。この街にないチャンスがある。九州とは違う人生が開ける——そう思える何かが待っているかのように…。

こうして宏は東京の大学に進学すべく受験勉強を開始した。志望校は早稲田大学。超難関校を志望していたが、理由は単純だった——東京の大学で知っているのが、東大か早稲田だけだったから。そのふたつだったら早稲田のほうが楽そうだったから…。

しかし、努力の甲斐《かい》むなしく、中学校受験から始まる宏にとって3度目の受験は、またしても「不合格」だった。

だが、宏にとってこれは失敗ではなかった。あくまで目的は東京に出ることであり、そのための方法がひとつ失われたに過ぎなかった。そして宏は情報のない中、自分なりに必死で調べ、東京の専門学校に入学することができた。

こうして宏は生まれ育った北九州の街を後にし、期待に胸を膨らませながら東京行きの列車に乗った。

――穏やかな春の日。車窓に映る景色を見ながら宏は呟《つぶや》いた…。

「俺の人生はここから始まるんだ」

春光の柔らかな日差しは旅立つ宏を祝福しているようだった。しかし、東京へと向かって延びる線路のその先は暗雲に覆われていた。

東京

上京した宏は三鷹にある学校の寮に住んだ。その寮は学校のある神保町からは離れていたが、新たな生活への期待のほうがはるかに大きく、何ら苦にならなかった。

東京では見るものすべてが新鮮だった。道路を埋め尽くす自動車も、張り巡らされた鉄道網も、人の流れさえもすべてが北九州とは違った。特に数年前にできたばかりの東京タワーの天に向かって真っすぐ伸びいく姿は、東京なら何でもできるんだという夢を宏に見させた——希望の象徴だった。

宏の入学した専門学校はその系列の中でさまざまな学校・学科を有していたが、宏はその中のホテル学校に入学した。オリンピックの開催により多くのホテルが開業し、新幹線の開通により観光だけでなくビジネスの面でも今後、ホテルの需要は増えるだろうと考えたからだ。

そして宏は進学させてくれた両親への恩を返すように専門学校の2年間、懸命に勉強し、卒業を迎える時には学年2位の成績を修め、持ち前の人望から卒業生総代を務めた。とはいえ、専門学校時代の宏にとって最大の関心事は〝遊び〟だった。

学校で知り合った友達とバンドを組み、夜にはディスコに繰り出した。三鷹から友達のいる蒲田へ、蒲田から新宿のディスコへと街を渡り歩き、寝る間を惜しんで遊んだ。子供の頃、野山を駆け回ったように、大人になった宏は都会を夢中で駆け巡ったのだ。

そしてこの遊びは、宏の人生を大きく左右する人物との出会いをもたらす。それは学友に紹介された武藤竜三というひと回りほど離れた年上の男性なのだが、彼がもたらす人生の分岐点はもう少し先のこととなる…。

専門学校を卒業した宏は、目黒のホテルに就職した。そこは「昭和の竜宮城」といわれるほどの豪華絢爛《けんらん》な建物で、間違いなく高級の部類に位置していた。

入社した宏はドアマンの仕事から始めたが、当然、そこで求められるサービスにも高い質を求められた。ただ玄関脇に立って、来客に合わせてドアを開閉すれば良いというものではなかった。ホテルで最初に、そして最後に客と顔を合わせるだけに、出迎えや見送りの時の所作にも気を配らなくてはならなかった。宏はその仕事を持ち前の真面目さからキッチリとこなした。

そして入社から2年が経つ頃にはその仕事ぶりが認められ、ホテル内のBARやレストランで働いた後、「ホテルの顔」といわれるフロントマンとなった。22歳の時だった。

そんなある休日の晩、宏は竜三と酒を飲んでいた。日頃からの疲れに昼過ぎまで死んだように寝ていた宏だったが、竜三からの誘いの電話に起こされ、蒲田まで出向いて来たのだ。

「竜ちゃん…、何か様子がいつもと違うけど、どうしたんすか？」

竜三の何か言いたげな様子に宏は気付いた。その言葉に背中を押されるように竜三は口を開いた。

「実はな、俺、自分の店を…喫茶店を開こうと思ってるんだ」

「本当ですか⁉　それはおめでとうございます。そんな暗く言うから何事かと思っちゃったじゃないですか」

「ああ…それでな、実はオマエにも手伝ってほしいんだ」

「えっ⁉」

「宏は一流ホテルで働いている。いわば接客のプロだろ…。人柄も良いし真面目だし…だから俺の店、宏にも一緒にやってもらいてぇんだ」

「…」いきなりの話に宏は戸惑った。

竜三の店を手伝うということは今のホテルを辞めるということ。今の仕事にやり甲斐を感じていたし、何より宏が勤めるのは国賓クラスも使う由緒あるホテルである。将来的な不安も皆無に等しかった。本来なら辞める理由など見当たらなかった。

しかし、友達だからということを差し引いても、竜三が自分をそこまで評価してくれているのは素直に嬉しかった。そして必要としてくれていることも。だから…。

「わかりました。それじゃ俺、竜ちゃんの店、手伝います。いや、一緒にやらせてください」その場で竜三に返事をした。

こうして宏は2年間勤めたホテルに辞表を出し、店を蒲田に開くという竜三の開店準備を手伝うことにした。後悔も不安もなかった。人に喜ばれるならどんな苦労でも喜んでやる――宏はそんな性格だった。

そして、この瞬間から宏の運命は夜の世界に向けて、ゆっくりと動き始めることとなる…穏やかな日々を引き換えにして…。

出店

ホテルを辞めてから1週間後、竜三のいる蒲田を訪れた宏は竜三の口から思いがけない言葉を耳にする。

「すまん…喫茶店開けなくなった」

宏にとっては、まさに青天の霹靂《へきれき》だった。話が反故《ほご》になった理由は保証人になってくれる人が見つからず、店を開こうと思った物件が借りられなかったためだった。

しかし宏はすでに退職した後である。普通であれば竜三の胸倉をつかんで責め立ててもおかしくない場面であったが、不思議と宏の胸中には怒りの感情も後悔も湧いてこなかった。土下座して謝る竜三に宏は、「仕方ないですよ」と優しく声をかけた。

竜三の元を後にして駅へと向かった宏は何事もなかったようにポツリと呟いた。

「次の仕事、何にしようかな…」

翌月、宏は都内のホテルに面接に行き、無事、再就職を果たした。今度のホテルも有名な一流ホテルだった。ここで宏は宴会場の準備などをする営繕係に配属された。再び、ホテルマンとしての毎日が始まった。

しかし、そんな生活が数ヵ月ほど過ぎたある日、宏は友人から藤田という30代の男性を紹介された。藤田は代々木にあるピザ・ショップのオーナーだった。

そのピザ・ショップは小さな店だったが、大手の美容専門学校の向かいという立地のおかげか繁盛し、人手不足となっていた。「ホールを任せていたスタッフが辞めてしまったので信用できる人を紹介してほしい」そういう藤田の願いで友人は宏を紹介したのだった。

竜三の時と同じく懇願された宏は、その場でふたつ返事で答えるとホテルを辞め、このピザ・ショップへと移った。

ここでの宏の仕事は、オーダーを受けたり、でき上がったピザを運んだりする〝ホール〟だった。単純そうに見える仕事だったが、オーダーはどのタイミングで取るとスムーズか、空いた皿はどのタイミングで片付けたら良いかなど、ひとりで担当するぶん、効率的に行なう必要があり、想像以上に奥が深かった。

それからしばらくして、ホールの仕事にも慣れてくると、宏は空いた時間などを利用して藤田からピザの作り方を教わった。とはいっても、ひとりでピザを作る藤田は忙しく、その作り方を教える余裕などなかった。宏は藤田がピザを作るのを観察すると、熱心にメモしながら覚えていったのだ。

それからさらに数ヵ月が過ぎ、69年も終わりを迎えようとした頃、竜三が宏の元を訪れた。喫茶店の話が反故になってからも、宏は竜三とはわだかまりなく会っていたのだ。

しかし、その日の竜三は、いつになく緊張した面持ちだった。それはまるで喫茶店の話を持ちかけた時のようだった。そして竜三の口から出た言葉は、まさに数ヵ月前の再現だった。

「宏…俺と店、作らないか…。今度はちゃんと保証人見つけてあるから」

竜三が今度開く店はピザ・ショップ。まさに今、宏が働いている店と同じ業種だった。

「…」さすがの宏も悩んだ。

それは一度、話が反故になっているからではない。藤田と競合してしまうからだ。それに今、自分が辞めたら店に迷惑をかけてしまう。人に喜ばれることがしたいと思う宏だけに人に迷惑をかけることは極端に嫌った。

「少し…考えてもいいですか？」

後に数億の借金をする時ですら即答した宏が話を預かったのは、珍しいことだった。

その1週間後、悩んだ末、宏はふたつの条件を竜三に提示した。ひとつは、今の店で自分の後任者が見つかり引き継ぎが終わるまで待ってもらうこと。もうひとつは、代々木とは違う場所で開くこと。その提示を受けた竜三は即答した。

「わかった。宏の言うとおりにする。だから一緒にやってくれるな!?」

「ハイ！」

「よし、これからは一蓮托生《いちれんたくしょう》だな。頼むぜ、相棒！」

「よろしくお願いします！」

ふたりは力強く握手すると、希望に満ちた顔で笑い合った。

そして、後任者にひととおりの教育を終えた宏は勤めていたピザ・ショップを辞め、再び竜三との店を開くべく準備に入った。

金策

開店準備に入った宏だったが、その道程は順風満帆ではなかった。

「宏、オマエも出資してもらえないか？」

竜三がそう言ってきたのは、店を開く物件を契約し、内装作業に取りかかった矢先のことだった。予定していたよりも内装や設備にお金がかかりそうなのだと言う。

「いくら…必要なんですか？」

「１５０万あれば何とか…」

いくら宏が社会人とはいえ23歳の身空。150万の蓄えなどあるはずもなかった。しかし竜三がただ宏に金を出せと言っているはずもなく、300万近い出資をしているのを宏も知っていた。それだけ竜三が本気なんだということも。

「150万ですか…。それだけあれば俺たちの店は開けるんですね？」

「ああ…」

「わかりました。そのぶんは俺が何とかします」

考えるよりも先に返事をしていた。この店はすでに宏にとっても自分の夢となっていた。宏は初めて自分が本気でしたいと思うことと出合ったのだ。

受け身や惰性ではなく自ら追い求める夢——〝ロマン〟を見つけた時、人は想像を絶する力を発揮するものだ。

150万という大金を用意しなくてはならなくなった宏は、福岡の実家やすでに働いている兄弟、果ては結婚した兄弟の義理の両親にまで連絡し、金の工面を頼んだ。事情を知った親しい友人たちも、率先して工面できるだけのお金を用意してくれた。

こうして宏は1ヵ月ほどの間に150万円という大金を用意することができた。そして、それと同時進行で店の開店準備も完了した。

こうして共同経営とはいえ、宏には初めてとなる自分の店――ピザ・ショップ『グッド・ホリデー』は開店の日を迎えることとなる。この時、新富宏23歳。

裏切り

中野区・新井薬師近くにオープンした『グッド・ホリデー』は、20坪程度の広さだった。ピザ作りを宏が担当し、ホールを竜三の恋人の理沙が担当した。竜三は売り上げや資金繰りの管理を担当し、閉店頃に顔を出す程度だった。

それまでの見取り稽古が功を奏し、宏の作るピザは専門店の商品として出しても充分に満足される物だった。店には平日はサラリーマンや学生が、休日には家族連れが訪れ、上々の船出となった。

狭い店内はオープンキッチンになっており、それだけに客の声はそのままダイレクトに宏の耳に入って来た。「おいしい」という言葉が聞こえるたびに、宏は料理人の醍醐味《だいごみ》ともいうべき喜びを噛《か》みしめた。

（俺、竜ちゃんと一緒にこの店やって良かった！）

使う身でも使われる身でも、どっちでも構わない…自分が熱くなれる何かが欲しい——ずっとそう思っていた宏だけに、共同経営者としての実入り云々《うんぬん》など関係なく、充実した毎日にそう実感していた。

実際、この時の宏の収入は、ホテルで働いていた時と大差ないか、少ないくらいだった。しかも、その中から毎月、借金を返済していたのだから生活は、むしろ苦しかった。それでも宏の心は満たされていたのだ。

それから夏が来て秋が来る頃には常連客もでき、店もすっかり軌道に乗り安定していた。それにともない理沙は遅刻や欠勤が多くなっていった。不満がまったくないといえば嘘になるが、竜三の恋人である。もちろん竜三と一緒なのであろう…。宏はその不満を自分のうちにのみ込んだ。

不満をのみ込んだかわりに、ひとりですべてを切り盛りするという事態が宏に襲いかかった。水を出し、注文を受け、ピザを作り、運び、会計して、テーブルを片付ける。そのすべてを宏はひとりで対応しなければならなかったのだ。ランチタイムやディナータイムなどのピーク時には15席すべてが埋まり、どう頑張ってもひとりで対応しきれる数ではなかった。

しかし幸いなことに、そんな時は常連客がピザをテーブルまで運んでくれたり、水を出したりしてくれた。常連客たちは皆、ピザが好きなだけでなく、カウンター越しに宏と話すのが好きで通ってくれる友達のような関係だった。まさに宏の人柄の成せる業だった。そして、そんな彼らのおかげで宏も何とか毎日のピークを乗り切ることができた。

アルバイトでも雇えれば良かったのだが、理沙を必要ないといっているようで言い出すのがためらわれた。

忙しくも満ち足りた日々はあっという間に過ぎていった。

そして、オープンから8ヵ月が過ぎた11月のある日、宏は朝10時の開店のため、いつもどおり8時に出勤した。そして宏が鍵穴に鍵を差し込もうとした時、その異変に気が付いた。

「あれ…鍵が入らない!?」

昨日、確かに自分で閉めたはずの鍵が鍵穴に入らないのだ。鍵を間違えたのかと見てみるが、そこには「店鍵」と書かれたシールが張ってあり間違えてはいない。

「竜ちゃんが鍵を換えたのか⁉」

不思議に思いつつも、それ以外の理由が思いつかなかった宏は近くの公衆電話にいくと蒲田にある竜三の家へと電話をかけた。しかし…。

『お客様のおかけになった電話は現在使われてはおりません。番号を――』

無機質なメッセージが宏の耳に入ってきた。

「あれ…」

その瞬間、「竜三が店の鍵を換えた」程度にしか思っていなかった宏にも動揺が生じた。事態はそんな単純なものではないのではないかと…。

持っていた受話器を電話機に戻すと10円玉が釣り銭入れに落ちてきた。受話器を持ち上げ、再度、10円玉を電話機に入れると、手帳に書かれている竜三の家の電話番号とダイヤルを何度も見比べながら、ゆっくりとダイヤルを回した。ダイヤルを回す指がわずかに震えた。

しかし受話器からは相手を呼び出すコール音のかわりに、再び、無機質なメッセージが宏を突き放すように淡々と流れた。

「…」

流れてくるメッセージが伝えている表面的な意味はわかる。この電話番号は使われていないということだ…では、なぜ？

なぜ竜三は店の鍵を取り換え、自宅の電話がつながらなくなったのか？　その真意を理解することができず、宏は受話器を持ったまま立ち尽くした…。

何度目かのメッセージが流れてから、宏は竜三とつながりのある友達に片っ端から電話した。

「あのさ、竜ちゃん家《ち》の電話つながらなくなってんだけど何か聞いてる？」

しかし、その問いかけに返ってくる答えは一様に「知らない」だった。時間はすでに開店時間の10時まであとわずかとなっていた。

もしかしたら竜三か理沙が来ているかもしれないと、いったん店に戻ったが、そこは宏が出勤した時と何ら変わらず固く閉ざされたままだった。宏に残された選択肢はひとつしかなかった。

「竜ちゃん家《ち》に行ってみよう…」

電車を乗り継ぎ、蒲田に着いた宏は改札を出ると焦る気持ちを抑えきれずに駆け出した。商店街を抜けると専門学校時代から幾度となく屯《たむろ》した竜三の住むアパートが見えてきた。その見慣れたアパートがそこに変わらず建っていることに宏は不思議と安堵した。

しかし数分後、竜三の部屋へとたどり着いた宏を待っていたのは…絶望だった。

「竜ちゃん、俺です…宏です！　竜ちゃんっ！」

〝ドンドンドンドン〟『武藤竜三』と表札の書かれた部屋の戸を叩きながら叫ぶ宏。しかし、いくら叫んでも出てくる様子はなく…いや、それ以前に部屋の中からは人の気配すらしない。

すると隣の部屋の戸が開き、中から中年男性が迷惑そうに顔だけ出して言った。

「武藤さんなら昨日、引っ越したみたいだよ」

だから静かにしてくれ――そう言いたそうに中年男性はそれだけ告げると、また部屋の中へと戻った。〝バタン〟戸が閉められた後も宏は、その場に突っ立ったまま動けなかった。

その後、宏はどうやって中野に戻ったのか記憶も曖昧《あいまい》だったが、気がついた時には店の前で地べたに座り込んでいた。飼い主を待つ捨て犬のように、宏はその場で竜三がやって来るのを待った。

訝《いぶか》し気な視線を送りながら目の前を通り過ぎていく人の流れを宏は捉《とら》えることなくその瞳に映した。宏の脳裏には、これまでの8ヵ月間の忙しくも充実した毎日、そして同じ夢を共有し笑い合った竜三や理沙の姿が甦っては消えていった。

すっかり夜の帳《とばり》が下りた頃、宏は立ち上がり家路についた。11月の夜風は冷たく、冬の始まりを感じさせた。路上に舞う落ち葉を踏みしめながら歩く宏は立ち止まると、いつかの時と同じ言葉をポツリと呟いた。

「新しい仕事…探さなきゃな…」

そして150万円の借金だけが残った——。

借金

それから数日、竜三と理沙の消息は一向にわからなかった。しかし友人たちの話から、竜三たちがピザ作りからホールまでひとりでこなせる宏を恐れていたのだということがわかった。いつか何もできない自分たちが不要になり店を奪われるのではないかと…。

（そんなわけないだろ…俺は竜ちゃんと一緒だから店をやったのに…）

竜三に裏切られたことよりも、そう思われていたことに虚しさを感じていた。しかし借金を抱えた宏に悲しんでいる余裕などなかった。

店から補塡《ほてん》しようにも、売り上げは竜三が管理していたので宏の手元に金は残っていないし、店で使っていた物のほとんどは竜三が鍵を換えた時に引き払ってしまっていたので、宏には本当に何も残っていなかった。ゼロから借金を返していくしかなかったのだ。

幸い、専門学校の実習とホテルでのＢＡＲ経験からカクテルを作ることができた宏は、中野の自宅近くにある小さなＢＡＲでバーテンダーとして働き始めた。この仕事を選んだことに理由などなかった。たまたま求人の貼り紙を見かけ、すぐに働けるというから…。悠長に仕事探しをしている時間さえなかった。

ＢＡＲの仕事は、それまでの宏の生活を一変させた。ＢＡＲは夕方6時に開店し、閉店は午前1時だった。宏は4時に出勤して掃除や開店準備をし、午前2時頃、帰路についた。午前3時頃に夕飯を食べ、4時過ぎに床に就いた。それまでとはまったく逆の生活だった。

辛いや大変という気持ちなどなかった。とにかく借金を返すために働かなくてはならない…その一心だった。

そして始まった借金を返すためだけの生活から1ヵ月が過ぎたある日、宏は何となしに眺めていた週刊誌の記事の片隅に目が留まった。そこには小さな3行広告が掲載されていた。

『社長候補募集。給料良し。キャバレー・ハワイアン・グループ』

それだけだった。普通であれば気にも留めずに読み飛ばしてしまっているであろう小さな広告だったが、借金を抱え、1円でも多く稼ぎたいと思っていた時である。宏の目は、その広告の文字に敏感に反応した。

「給料良し…かぁ」

専門学校生の頃、ディスコで遊んだことはあったが、女性のいる店に行ったことはなかった。そのため、キャバレーがどんな世界か宏はほとんど知らなかったし、水商売の世界自体、知っていることは皆無といって良いほど、無知だった。しかし今のBARと同じ夜の仕事なら、給料は良いに越したことはない。それに募集しているのは社長候補…社長になれるかもしれないのである。

それまで具体的に何になりたいといった夢など持たない宏だったが、ただ返済のためだけにBARで働く毎日に、いつしか、その生活から抜け出したいという思いを強くしていた。宏自身、そのことを自覚していなかったが、この広告はその思いを表面化させた。

不安な気持ちを抑えつつ、宏はそこに書かれた番号に電話し、面接希望の旨を伝えた。そして数日後、大塚にあるハワイアン・グループの城北支社——都北ハワイアン観光の事務所に面接に行った宏だったが、24歳以上という募集規定に合わず門前払いをくらった。

そしてBARで働きながら1ヵ月後の誕生日を待った。

——年が明け、14日の誕生日を迎え24歳となった宏は再び面接に臨んだ。そして2月14日、無事、ハワイアン・グループへの入社を果たす。

こうして、ひょんな出会いとキッカケから数奇な運命に導かれ、後に、〝キャバクラ王〟となる男は夜の世界への第一歩を踏み入れた——。

第二章

キャバレー

キャバレーの歴史

宏がハワイアン・グループの門を叩いた1970年前後は、キャバレー全盛の時代だった。

『キャバレー』とは、フランス語で『地下室』という意味のcabeをその語源として(英語で『部屋』という意味のchamberを語源とする説もある)、本家・フランスでは「ショーを見ながら食事をする大型店」を指す言葉である。

フランスのキャバレーではシャンパンを飲みながらショーを見て楽しみ、そのショーが終わると客はショーガールを席に呼び、ともに酒を楽しむことができた。

日本のキャバレーは、シャンパンやショーよりも、ショーガール=ホステスによる接客を主とする場として発展した。

キャバレーとひと口でいっても、ステージ上でフルバンドが演奏し、客たちがホステスとの語らいやダンスを楽しむ正統派の『グランドキャバレー』や、お色気ありのエネルギッシュな大衆店『ピンクキャバレー』などがあり、70年代のピーク時には、その軒数は1万2000軒ともいわれた。

法律上、日本では、10組程度がダンスを踊ってもぶつかり合わないだけのフロアがあって初めてキャバレーの申請は許可されていたので、その店内は必然的にある程度の広さがあった。グランドキャバレーでもピンクキャバレーでも、その店内では日頃のストレスを忘れて楽しむ客たちの笑顔が絶えることはなかった。

肩肘張らずに飲んで騒いで楽しめる――開放的で賑やかな盛り場…それがキャバレーなのである。

その歴史は古く、始まりは日本の欧化風潮が高まる明治末期、客に食事やビール、コーヒーなどを提供する『カフェ』がその祖といわれている。

大正に入るとカフェは酒を提供する店と、コーヒーを提供する店とにそれぞれ分化していった。現在、カフェといえばコーヒーを提供する店を指すが、この頃は酒を提供する店を指してカフェと呼んだ。そのカフェでは女給が白エプロン姿で酒の酌などの接客をするようになった。

やがてその格好は、胸高エプロンの紐《ひも》を帯の上で大きく蝶《ちょう》結びしたものになり、現在〝女給〟といった時にイメージされる姿となった。そして、〝艶《つや》〟を売り物にする者も出始める…。

　昭和に入ると、それまでエリートたちのものだったカフェは大衆の盛り場へとその様相を変えていく。それは第一次世界大戦後から急成長した経済の行き詰まりや、関東大震災による不況からといわれている。

　1931年（昭和6年）、日本の失業者数が40万人と政府は発表した。いつの時代も不況の時こそ新しいビジネスが生まれるもので、この頃、濃厚なサービスと低料金を掲げたカフェが登場し、瞬く間に大衆の間に浸透していった。キャバレーという言葉が出始めたのも、この頃からである。

　辛く苦しい失業不景気の時代だったが、キャバレーは大衆男性のオアシスとして、その日の辛さを忘れさせ、明日への活力を与えた。

　同時に女性にとっても新しい職業として一世を風靡《ふうび》した。失業の嵐吹きすさぶ最中、女給の平均的な月収は大卒者と同等、トップクラスの者になれば、その何倍もの収入を手にしていたのだ。

　しかし第二次世界大戦で敗戦すると、キャバレーをはじめとするレジャー施設は進駐軍特殊慰安施設としての時代を経験する。

戦後の混乱の時期を経て50年代後半からの高度経済成長を迎えると、今もなお続くラスベガス・グループをはじめとする大衆キャバレーのチェーン展開が拡大した。キャバレー全盛時代の幕開けである――。

ハワイアン・グループ

宏が夜の世界への第一歩を踏み入れた『ハワイアン・グループ』も、この高度経済成長末期の68年4月に誕生した。

その前身は、『三日月』という名の〝おさわりパブ〟であり、ハワイアン・グループ・オーナーの松崎がボーイを経て20歳の時に独立し開いた店である。

その後、松崎は24歳の時、キャバレー業界へと進出。数店舗あった三日月はすべて店名を『ハワイアン』に変更するとチェーン化し、精力的に全国展開していった。

最盛期、本社である『南洋ハワイアン観光』の下には、東京・関西・東北などの統括会社が置かれ、その下に置かれた各店を運営する運営子会社は直営・のれん分け両方を含めると250社にもおよんだ。ハワイアン・グループは78年にその幕を下ろすまでの間に、年商1000億円・店舗数1000店以上という一大帝国を築き上げたのだ。

松崎の躍進は、競うようにチェーン化を図るキャバレー業界の中でも異質で、〝業界の風雲児〟として、その名を世間に轟《とどろ》かせた。しかし宏が入社した71年当時、その店舗数はまだ10数店舗しかなく、100店舗を目標としていた頃だった――。

ボーイ

宏は池袋にあるハワイアン西口1号店に配属された。

「…」

それまで客としてもキャバレーに足を踏み入れたことのなかった宏は、そのある種独特で、雑多な雰囲気とバイタリティーにあふれた店内に圧倒された。キャバレーに対して高級クラブのような〝上品な社交場〟的なイメージを持っていたからだ。

この時、宏の脳裏に浮かんだ第一印象は、「立ち飲み居酒屋を座らせたような感じ」というのが率直なところだった。「高級」とはとうていいえないその雰囲気に…。

だが、その雑多な雰囲気こそ大衆店らしさであり、だからこそ受け入れられてきたのは時代の流れを見ても明らかだった。

しかし、宏はここに遊びに来たわけではない。働きに来たのだ。高級だろうが大衆向けだろうが関係なかった。

当時、キャバレーのボーイの仕事は過酷を極めた。1日16時間労働も当たり前で、休みなしの怒鳴られっぱなし。口答えしようものなら鉄拳が飛んでくるのも当然のこと。それはまさに〝死地を彷徨《さまよ》う突撃兵〟そのものだった。

「オイ、新人。オマエの仕事はビール運びと食器洗いだ」

新人である宏にはホールでビールなどを運ぶウエーターと、裏方での洗い場の仕事が与えられた。ホテル勤め時代にもホテル内のレストランでウエーターの仕事はしたことはあったが、キャバレーでは早さが何よりも優先され、雰囲気を大切にするホテルとは対照的だった。

早さを優先するということは、店内を駆け回るとまではいかなくとも、テーブルからテーブルを足早に次々と渡り歩かなくてはならなかった。

「失礼致します。お待たせ致しました、ビールです。失礼致しました」

テーブルにビールを置いては次のテーブルへ行き、同じようにビールを置く。それを閉店時間までひたすら繰り返す。単調だったが、つねに各席に気を配らなくてはならず見た目以上に大変だった。

（シンドイくせに時間の流れが遅い。けっこう時間が経ったと思っても1時間も経ってない…）

単調ゆえに精神的にも疲れたが、それ以上に立ちっぱなし、歩きっぱなしの仕事である。慣れるまでの数週間は肉体的にヘトヘトだった。

ちなみに現在のキャバクラではボーイがテーブルにビールなどを運ぶ際、跪《ひざまず》いて客に敬意を払う〝ニーダウン〟が当たり前であるが、この頃のキャバレーでは行なわれていなかった。これは後に宏がキャバクラを創り出す際、クラブで行なわれていたものを取り入れたのだ。

同じく客に敬意を払うという意味でいえば、宏が入社するよりも以前、創成期のキャバレーでは身長が160センチよりも小さくなくてはボーイにはなれなかったという。それは身長が高いと客を見下ろす格好になってしまうからだ。宏がこの業界に足を踏み入れた頃には、そこまで厳しい基準は設けられてはいなかったが、宏も含め、この店のボーイに長身といえる者がいなかったのは、その名残なのだろう。

とにもかくにも最初の1ヵ月間、宏は家に帰ると自由にできるわずかな時間、次の日の仕事に備えて死んだように眠った。遊べる時間など皆無だったが、宏に後悔の気持ちが芽生えることも皆無だった。それはこの世界に入る時、「どうせやるなら社長になってやる！」――そう野望を抱いて足を踏み入れたからだ。

かつて幼少の頃、眠気と戦いながら受験勉強をしたように、この時も宏はそれこそヘドを吐こうが休むことも遅刻することもなかった。

逆に当時のキャバレーのボーイは、その苛烈な仕事から、〝酒《のむ》〟〝ギャンブル《うっ》〟〝女《かう》〟に走る者が多かった。しかし、〝落後しない者は順に出世していくのが夜の世界〟。

「ここが自分の戦場だ！」そう感じた時、男に必要なのは才能ではない。自分自身の欲求に打ち勝つ強い心だ。言い換えれば、甘えず、怠けず、腐らず、自己管理できる強い意志…歯を食いしばってでも戦い抜く辛抱強さ。競争社会の中で必要なのは他人に勝つことではなく負けないことなのだ。宏はそのことを誰に教わるともなく知っていた。

いっさいの落後をせず、全力で仕事に臨む宏とは対照的に、この戦場では次々に同僚たちが脱落し、戦線を離脱していった。

そして夜の世界に限ったことではないが、「休まず」「遅れず」そのふたつを守る者には必然的に「信用」がついてくる。それはつまり、その後に待つ「出世」を意味していた。

入社から2ヵ月目が過ぎる頃、宏は早々と主任に昇格し、4ヵ月目には店の前での呼び込みを任せられた。そして半年が過ぎる頃には課長となり、幹部として店の運営に直接かかわった。

女も遊びもなく、黙々と働く宏に周囲は冷ややかな声を浴びせることもあったが、宏は相手にしなかった。

「俺は先憂後楽《せんゆうこうらく》だ。嫌なことを先にやり、楽しいことは後にやる。俺は10年後に笑えればそれでいい…！」そう心の中で呟《つぶや》いた。その言葉どおり、10年後、宏はレジャラースのオーナー・社長となっている。

得てして甘い生活をしている者ほど落後しやすい…。逆に、その誘惑に近づかなければ、繰り上がって出世していくことができる。宏はこの時、出世への確かな手応えを感じていた。

宏はハワイアン西口1号店で最年少の幹部だったが、周囲からやっかまれることもなく充実した順風満帆な滑り出しとなった。

苦しい仕事だったが出世するたびに宏はやり甲斐《がい》を感じ、さらなる情熱を傾けていった。だが、これはまだ、これから始まる熾烈《しれつ》な人生のほんの入り口に過ぎなかった。

担当

「気をつけ！　休め！　右向け右！」

横一列に並んだ10人近い男たちは、正面に立つひとりの男のその掛け声に合わせ、一糸乱れぬ様《さま》で言われた動作をしている。まるで軍隊のようである。

「番号！」

その言葉に呼応して10人の男たちは「1、2、3…」と次々に大声で叫ぶ。

「10！」そう叫んだのは宏だった。

キャバレーの朝礼は、この活力を体現するかのごとく大声を発するところから始まった。その10人のボーイたちの頭にはハチマキが巻かれ、士気を高めるために横一列で肩を組み大声で歌を歌わせられることも日常茶飯事だった。

(慣れれば慣れるもんだな…) 肩を組み大合唱をしながら宏は思った。

入社したばかりの頃、宏に最も衝撃を与えたのが、この軍隊的な朝礼だった。品格を重視する高級ホテルでは絶対にあり得ない朝礼だっただけに、宏はカルチャーショックを受けたものだった。

しかし、それも入社から半年が経った今では何の恥ずかしさも違和感もない。人が持つ順応力というのは凄いなと宏は意味もなく感心した。

課長となった宏は、どのホステスがどの席に着くかを店内マイクでコールする〝リスト〟という仕事を経て、付け回しを差配しリストに指示を出すホール管理となった。指名を持たない新規の客にどのホステスをつけるか、ひとりのホステスに指名が被《かぶ》った時、誰をヘルプにつけるかなど、店の第一線を差配し、マイク係であるリストに指示する重要な仕事だ。これは課長や部長などの幹部職の者でないと行なえない仕事だった。

また幹部になるとホステスの管理をする担当も割り振られた。このハワイアン西口1号店には約20人のホステスがおり、宏を含めた3人の課長がそれを管理した。3人の課長の上には副店長がおり、何かあれば副店長に相談する。宏は7人のホステスの担当を任され、その心と体のケアに務めることとなった。

ボーイはホステスとの仕事以外の会話を禁じられていた。仕事の会話といってもビールを運んだ時に「失礼します」という程度のものだったので、会話といえるような会話はしたことがなかった。宏は課長になった時からホステスたちと接し始めたといっても過言ではなかった。

「お客様のこと、プライベートのこと、何かあったら何でも僕に言ってください。一生懸命力になります」

担当となった7人のホステスたちの前で挨拶する宏だったが、ホステスたちからは何の反応もなく冷めた様子だった。

(あれ…聞かれてない…!?)その反応に宏は内心、戸惑った。

それもそのはずで、キャバレーでは28歳前後を中心に45歳までのホステスを揃えていた。宏が任された7人のホステスのうち、半分以上がこの若い課長よりも年上だったのだ。

(こんな若造で本当に担当が務まるの?)

（私の担当がこんな新人になるなんて…。もしかして店から見放された？）

（自分よりも人生経験の少ない奴に相談することなんてないわよ…）

ホステスたちの胸中はそれぞれだったが、総じて好感とはほど遠いものだった。

休日

その直後の休日、宏は同じ店の課長の荒井と島田と、西日暮里にある島田の家で飲んでいた。それは先輩ふたりが開いてくれた宏のための飲み会だった。

「ホステス《女》が話を聞いてくれねぇだと!?」

すっかり酒のまわった様子で語気を強めて言う荒井に宏は言葉を返した。

「聞いてくれないというか…聞かれてないって感じです。あくまで、そんな気がするって話ですけど…。嫌われてんですかね、俺…」

「それはオメェ…、ナメられてんだよ」

その荒井の言葉に、荒井とは対照的に酔った様子のない島田が同感の意を示した。

「確かに…新冨はまだ若い上に異例の早さで担当を持ったからな。一生懸命なのはホステスたちも見ててわかってるだろうけど、いかんせん新人ってイメージが抜けてないんだろうな」

　この先輩たちも30歳前後と若かったが、ハワイアン立ち上げからのスタッフの上、他店での経験も合わせると5年以上のキャリアがあり、その言葉には説得力があった。

「そう…ですか…」

　何か考える様子でポツリと吐き出した宏のその言葉に、荒井と島田は「しまった！」と内心焦った。悪気があったわけではないが、酒のせいもあり無遠慮に言ってしまったと…。しかし、ふたりの先輩がフォローの言葉を言うより早く宏の口からは意外な言葉が続いた。

「…良かった！」

「えっ…!?」

　安堵の表情を浮かべながらそう言う宏に、荒井も島田も同じ言葉を同時に漏らした。

「良かったって…。オメェ…ナメられてるかもしんねぇんだぞ!?」

「だって俺が頼りなく見えるのは当然じゃないっすか。実際、まだ入社半年なわけだし。女の人たちから嫌われてるわけじゃないなら問題ないっす！」

「そ、そうか…」呆気《あっけ》に取られながら荒井は言った。

「信頼は結果ですからね。これから頑張ればいい！」

それまでの疑問が解けたといわんばかりに晴れ晴れとした表情だった。

「でも本当は嫌われてようが好かれてようが、ボーイの仕事に変わりはないんですよね。ホステスの人たちが働きやすいように黒子になるってことには…。でも、やっぱり嫌われてないに越したことはないっすからね」そう言うと笑って見せた。

宏のその言葉に荒井は驚いた。

(「話を聞いてもらえない」なんて言うから、てっきり新富は課長を任されてホステスたちの上に立ったと勘違いしてんだと思ってた。肩書がついた時によくある話だから。だが、ホステスがボーイの部下になるなんてことは絶対にねぇ。そしてコイツはそれをちゃんと理解していた。たかだか半年やそこらの経験のクセに、この仕事の本質がわかってやがるんだ)

そして島田も同じことを思っていた。

(俺たちボーイの仕事はあくまで従…主はホステスだ。彼女たちの管理を任されたといっても、あくまで世話係を任されたに過ぎない。たとえるなら芸能界でマネージャーがタレントの相談に乗ることがあっても、タレントより上の立場になることは絶対にないんだ。それを錯覚すると取り返しのつかないことになる…）

この島田の言葉どおり、宏の前任の課長はホステスたちの上に立ったと勘違いした態度を取り、彼女たちからのひんしゅくをかったため降格し、今では他店舗でビール運びをしている。

宏のことをどこかで、「年下だから」「まだ新人だから」と下に見ていたふたりだったが、この時から自分と同じ立場の人間なのだと改めて見るようになった。そして荒井は同じ目線からの言葉を送った。

「ホステスから信頼してもらえるってのは、口でいうほど簡単なことじゃねぇからな。金の問題、男との問題、家族の問題…女たちには少なからず何らかの事情がある。そんな彼女たちの抱えてる悩みを他人である俺たちに話すってのは、並大抵のことじゃねぇ。偉そうに話してるが俺だって、実際、そんなプライベートな相談なんてのはされたことねぇしな」

島田も同じように続けた。

「だが、たいていのホステスは、そのプライベートの問題で辞めていく。俺たちには何の相談もなくな。他店での話だが、ホステスが1週間も無断欠勤するから担当がその女の家に行ったら、部屋で首を吊っていた――なんて話もある。借金を抱え、男に捨てられ、誰にも相談できずに追いつめられてのことらしいがな…」

「そんな…」宏は絶句した。

「その話は大げさにしても、今の俺たちが彼女たちのためにできることといったら、店の中の問題で辞めたいと思われないようにすること…そのくらいしかないんだ。本当は、もっと力になりたいんだけどな」

ふたりの言葉の裏側には諦《あきら》めの気持ちが隠れていた。「俺たちだって努力したが、それでも今の関係がやっとだ」「だから、できる範囲で仕事を〝こなして〟いくしかないんだ」と。

その言わんとしていることは宏にも伝わっていた。しかし…。

「ありがとうございます」と宏は言った。

「?」その感謝の言葉の意味がわからず、荒井も島田も疑問の視線を宏に投げかけた。

「俺、この仕事始めてから人と接してる感じがしなかったんです。ボーイ、ホステス、お客様…毎日、たくさんの人には囲まれてるけど、その人たちと心を通わすことはなかったと…。そんな機会もなかったし…。通路で他のボーイとすれ違う時に挨拶をしても、ビールを運んだ時にホステスに『ありがとう』って言われても、客引きで声をかけていても、何か機械的に声を交わしているだけみたいで…。でも、荒井さんと島田さんと話してて、俺、何ていうか、『今、人と話してる』って感じたんです！　それが嬉しかったんです！」

「…」宏のその真っすぐな言葉にふたりは言葉を失った。嬉しいとか、気恥ずかしいとかじゃなく、仕事に忙殺される毎日の中で、いつしかそんなふうに感じる気持ちを忘れていたから。

駆け引きや騙《だま》し合いなど、人の欲望が交差する夜の世界にあっても、人とのつながりを大切に思う宏の言葉に、荒井と島田は自分の中の何かが動かされるような感じがした。

しかし、この時、最も心が動かされたのは、相談した宏自身だった。

（先輩たちですら試行錯誤しながらホステスたちと向き合ってるんだ。最初からうまくできるハズなんてない。俺も頑張ろう！）そう思うと、不思議と力が湧いてきた。

〝プシュッ〟　宏は新しい缶ビールのプルタブを3本分引き抜いた。

「さぁ先輩、もっと飲みましょう！」

休みの夜は更けていった…。

相談

「――今週は給料日があります。独身のお客様にはご自宅に、そうでないお客様には会社に電話して、いらして頂けるように努めてください。それから――」

宏は他の課長たちと同じく毎週1回、担当のホステスたちとのミーティングを開店前に行なった。

店長が一同の前で話をする全体ミーティングも月1回あったが、それよりも個別に話のできる班単位のミーティングのほうが活発に行なわれていた。ミーティングとはいっても、店の売り上げや個別の売り上げ、接客の方法や気付いた点などを担当の課長が話をする場と化していたので、ホステスたちにとっては退屈極まりない時間だった。

特にベテランのホステスにとっては、「今日は給料日ですので…」とか「連休明けですが…」といった話は年を重ねながら何度も聞いてきたので、子守歌かお経のように彼女たちの耳に流れ、その瞼《まぶた》を重くさせた。

宏自身、そのことに気付いてはいたが、彼女たちの意識統一のため、それこそ〝耳にタコができるくらい〟話すというのが店から言われている目的だったので納得の上でやっていた。

しかし、そんな努力などお構いもなく、宏の言葉はホステスたちの耳に何の痕跡も残すことなく右耳から左耳へと素通りされ、30分ほどのミーティングは終了した。

ミーティングが終わり、退屈な時間からようやく解放されたホステスたちは開店に備えて着替えるために更衣室へ向かった。

宏も開店に備えてテーブルを拭《ふ》き始めた。

「あの…新冨さん…」

その声に反応して宏は雑巾を動かす手を止めた。声の主は、宏の担当するルリコというホステスだった。

ルリコはまだ20歳と宏が担当するホステスの中では最も若く、この仕事を始めてからまだ半年も経っていない新人だった。30歳前後のベテランのホステスたちに交じって、まだぎこちなく奮闘するこの若いホステスを宏は普段から放っておけず、仕事をしながらもその様子を目で追いかけ気にかけていた。

「何ですか⁉」宏は姿勢を起こすとルリコのほうを向いた。

「あの…実は相談したいことがあるんですが…」

そう言うルリコの表情にはどこか余裕がなく、その内容の深刻さが窺《うかが》えた。

「相談…ですか…わかりました。それじゃ、もう仕事が始まりますから、お店が終わってからでもいいですか？」

コクン…ルリコは返事のかわりに頷《うなず》いた。

「何か悩み事があるんでしょうけど、今は忘れて、お仕事頑張ってください！」

「…ハイ」心なしかルリコの表情が和らいだような気がした。

ルリコの相談したいことが何なのか…。宏は検討もつかなかったが、「相談したい」と初めてホステスから頼られたことに不謹慎とは思いながらも嬉しさを感じていた。

閉店後、宏は池袋駅北口のすぐ近くにある喫茶店「公爵」でルリコと待ち合わせた。

「公爵」は朝までやっているため、水商売や風俗関係者にとっては御用達の店だった。

片付けを終え、宏が「公爵」に着くと先に店を出たルリコの姿があったが、その表情は暗かった。

「すいません、遅くなりました」

宏はそう言いながらルリコの正面の席に座った。

「いえ…」

目を伏せ俯《うつむ》き気味にルリコは返事をした。緊張しているような面持ちだった。

「…」

その様子を敏感に感じ取った宏は努めて明るくルリコに言葉をかけた。

「それで相談っていうのは⁉」

「！」

〝ビクッ…〟　ルリコはわずかに体を強張らせた。

「…」それ以上を促すこともなく、宏はルリコの言葉を待った。

「…実は…この仕事辞めようかと思って…」

「えっ…、辞めるって…どうして…⁉」

「彼が…恋人が反対してるんです」

「その恋人はルリコさんがこの仕事をしているのを知らないんですか⁉」

「いえ…もともと、このお店のお客さんでしたから…」

ルリコの恋人が誰かは知らなかったが、その言葉を聞いて宏の脳裏にあるひとりの男性の姿が思い浮かんだ。

「それは…もしかして葛西さんですか⁉」

ルリコはゆっくりと頷いた。葛西は31～32歳くらいで、週1回は店に通っていたルリコの常連客だった。2ヵ月ほど前から見かけなくなり、当時、店の前で客引きをしていた宏もどうしたものかと気にはなっていた。

「そうですか。店としても、お客様との恋愛までは制限できませんから別に構いませんが…正直、ビックリしました」

「すいません…」

「そんな謝ることじゃないですよ」

「でも、私が付き合ったせいで、お客さんがひとり減ったわけですし…」

「まぁ、そういう考え方もできますが…。でも、確かルリコさんは倒れてしまったお父さんのかわりに家族を養おうと、この仕事を始めたんでしたよね⁉ もし、この仕事を辞めたとして、そっちは大丈夫なんですか？」

「…」返事のかわりに返ってきた沈黙が事情を語っていた。

「…」宏もどう答えたら良いか悩んだ。

会社から渡されている幹部マニュアルでは、こういう時はホステスが圧迫感を感じるようなことは言わず、まずは溜め込んでいる悩みを吐き出させることとあった。しかし、宏はあえて自分の思ったままの気持ちをぶつけることにした。

「立場上、僕はルリコさんには辞めてほしくないとしか言えません。でも、もしルリコさんが心からそうしたいと思うなら、それでも良いと思います。ルリコさんは別にこの店に売られてきたわけじゃない。どんな仕事に就くのも自由です。後で後悔しないように決められればそれで良いんじゃないかと思います」

突き放すように聞こえる言葉だったが、宏の真っすぐな気持ちが届いたのか、ルリコはポツリポツリと口を開き始めた。

「…彼も…最初は認めてくれてたんです。父のことは知ってたから。どんな仕事をしてても私《ルリコ》は私《ルリコ》だって言ってくれたんです…。でも、付き合い始めてからひと月が経って、ふた月が過ぎる頃になると彼の様子もだんだん変わってきて…。この仕事を辞めないなら別れるって…」

葛西の言葉に対してなのか、それとも変わってしまった態度に対してなのかはわからないが、ルリコはしだいに小刻みに震え始め、重く苦しそうに吐き出されるその言葉が彼女の辛さを表していた。

家族の生活があるから仕事を辞めることはできない。でも辞めなければ自分の幸せが去っていく…。どうしなくてはいけないか…自分に与えられた選択肢がひとつしかないことをルリコ自身、わかっていたが、それを受け入れることができず、悩んでいるのだということが宏にも痛いほど伝わってきた…。

その日、ルリコに明確な答えが出ることはなく、1時間ほど話した後、宏はルリコと別れた。

「これからは…こういうこともあるのか…」

それまでの自分個人の努力だけではどうにもならないこと…人の悲しみや辛さと向き合うこと…宏は改めて課長となった自分の責任に身を引き締めた。

失踪

それからの2週間、ルリコは辞める様子も、仕事中に悩む様子も見せることもなく、それまでどおり、真面目に出勤していた。

（ルリコさん…状況が好転したのかな!?）

繊細な問題だけに宏もその後を尋ねることはしなかったが、ルリコのその様子にホッと胸を撫で下ろした。

しかし、その翌週、いつもどおり出勤するはずのルリコが出勤時間になっても店に現れなかった。

「新冨！　ルリコはどうなってるんだ！」

ホステスの無断欠勤は、担当するボーイの責任。副店長から追及の言葉が浴びせられた。

「すいません！　何も連絡がなくて…家にも電話しましたが出ませんでした。今まで真面目に出勤していた子ですので、もう向かってるんだとは思いますが…」

副店長と話しながらも、宏の胸中では嫌な予感が払拭《ふっしょく》できなかった。ルリコがもう店に来ないのではないかという予感が…。

営業が開始されてからも店内にルリコの姿はなく、宏は仕事が手につかなかった。

（ルリコさん、どうしたんだろう。何かあっても連絡くらいはしてくる人なのに…）

しかし、その日、ルリコが店に現れることはなく、何の連絡もなかった…。


翌日の出勤前、嫌な予感が払拭できなかった宏は、それを振り払うためにルリコの住む東武東上線沿線の朝霞へと向かった。

初めて訪れる朝霞の町だったが、宏は地図を片手に店で聞いたルリコの住所を探した。まだ田畑の残る町並みを横目に30分ほど彷徨《さまよ》った後、宏は目的地にたどり着いた。

ルリコは実家から通っており、家族と一緒に住むその住まいは古ぼけた団地の一室だった。ルリコの父が倒れた詳しい経緯はわからないが、以前、ルリコから聞いた話から、養生生活中の父と、それを看病する母、そしてルリコの3人暮らしということだけはわかっていた。

〝ピンポーン…〟宏は緊張した面持ちで玄関前に立つと、インターホンを押した。

室内に呼び鈴の音が響く…。

(頼む…何事もなく出てきてくれ…)

だが、室内からは、玄関に向かってくる足音はおろか、物音すらしてこなかった。

「…」宏はもう一度、インターホンを押したが、その鉄製の扉が開くことはなかった。

諦《あきら》めと同時に宏の胸中には不思議と「やっぱり」という思いもあった。真面目なルリコが無断で仕事を休んだ時点で何らかの問題が起こったのだと無意識のうちに思っていたのだ。

そして宏は失意の中、駅へと戻っていった。

(せっかく相談してくれたのに…俺は…力になれなかった…。もっと気にかけて話しかけたほうが良かったんじゃないか?)

そんな自責の念にかられながら駅へと歩いていると、向こうから歩いて来る人に声をかけられた。

「…新富さん…!」ルリコだった。

「…!」もう会うこともないだろうと思い込んでいただけに、宏の頭は混乱し、言葉が出なかった。ルリコは宏の前まで駆け寄ってくると、そのままの勢いで頭を深く下げた。

「昨日はすいませんでした！」

「え、ええ…」ルリコに宏は圧倒されながら、かろうじてそれだけ返した。

ふたりはどちらからともなく駅に向かって歩き出した。

「最近、父の体の具合が良くなくて…。昨日、急遽、入院することになったんです。それでバタバタしちゃって…連絡もできなくて…本当にすいませんでした」

「そう…だったんですか…大変でしたね…」

今度は何て返したら良いかわからず、やはりそれだけしか言えなかった…。

「でも、お父さんの面倒は病院が見てくれるんで、今日からまた一生懸命働きます。入院代も稼がなくちゃいけないし…」

いったん、そこで言葉を区切ると、ルリコは笑顔を作り言葉を続けた。

「今はそんなだから…この前、相談したことは…自分のことはもうしばらく、お預けすることにしました。今は仕事が恋人です！」

それはつまり葛西との恋からは身を引くということ…。目の前で無理して笑顔を作るルリコの、その健気な姿に宏は思わず抱きしめたい衝動にかられた。しかし首を大きく左右に振り、その衝動を抑え込むと、極力、自然な笑顔を作り言った。

「僕もできる限り協力します！　一緒に頑張りましょう！」

「ハイッ！」

そして宏は駅でルリコと別れた。

その後、ルリコはこの店で2年間働き、父が回復するのに合わせて、この世界から去っていった…。

彼女との経験から、宏はキャバレーで働く女性たちの笑顔の裏側に抱えているものを改めて痛感した。そして、もっと力になりたいとも…。

増長

課長になってからさらに1年が経った。26歳目前となった宏は池袋界隈に3店舗・約100人を抱える『都北ハワイアン観光』の実質的トップである社長代理となった。ビール運びから運営会社トップへ…。それは、もはや根競べだった。他の誰よりも自分を厳しく律することができるか…それだけだった。トップの座に上っていったのではない。トップの座が降りてきたのだ。

しかし、この時、代理とはいえ、目標としていた社長の座に就いたことに宏は喜びを隠しきれなかった。

「やった！　とうとうトップに立ったぞ！」

だが、「立場」には「責任」がついてくるもの。都北ハワイアン観光のトップということは、そこで抱える100人の生活を宏は守らなくてはならないということである。そのために宏に課せられた使命…それは運営する3店舗で本社が定める売り上げノルマを達成することであった。

「売り上げノルマというのは、〝義務〟ではない。キミの下で働く人たちの生活を守るために〝必要〟なものなんだ。その意味を良く理解して仕事に臨んでください」

都北ハワイアン観光をはじめとする首都圏の各運営会社を統括する『東京ハワイアン観光』で行なわれた社長会議の時、新参者の宏はそう言われた。

拡大し続けるグループを支えるには、当然、自店の食いぶち以上の金を稼がなくてはならない。「めざせ100店舗！」「イケイケ！　ゴーゴー！」そんなグループの猛烈な勢いは、宏の双肩にそのまま責任としてのしかかってきたのだ。

しかし、まだ25歳の青年がその重圧をうちに飲み込み、各店長たちを器用に差配するにはあまりにも若く、そうできるための教育を――そして経験を積んできたわけでもなかった。

「今月の数字…どうしてこんなに低いんですか！」

「来月はもっと何とかしてください！」

「こんな数字じゃ、本社になんて報告したらいいんですか！」

各店長たちからの売り上げ報告に宏はそんな言葉しか返すことができなかった。そしてそれは、そのまま彼らのモチベーションを下げ、さらなる数字の低下を招いた…。

社長代理となって以来、宏の多忙さは頂点を極めていた。昼の12時に出社すると、店が開店する時間まで、スタッフ募集の問い合わせ電話に対応し、入社希望者と面接をした。

店が開店してからは任されている3店舗を回り、気付いた点をそれぞれの店長に伝えた。そして店が終わってからは、各店から上がって来る売り上げを集計し、始発に乗って帰路についた。１日の睡眠時間は朝7時から11時までの4時間程度だったが、日によっては2時間や3時間という日も別段、珍しいことではなかった。

それほど自らの責任を強く感じている宏だったが、その責任感を強めれば強めるほど、上向かない売り上げに焦燥感を募らせ、そして孤立感を深めていった。

「どうしてなんだ…俺はこんなに一生懸命やってるのに…どうして、皆は理解してくれないんだ…協力してくれないんだ…」

下がり続ける売り上げの理由が宏にはわからなかった…。

重圧

それから数ヵ月――、宏の任された3店舗はノルマを超えることはめったになかったが、それでも各店長たちは自らの生活に支障を来すからと、ギリギリの水準だけは死守した。

宏の焦燥感はつねにその心に住み着き、宏は心身ともに限界に達していた。

その日、宏はいつもどおり4時間の睡眠の後、出社し、面接の対応をしていた。

「――そうですか、西川さんは他店でのボーイの経験がありますか…」

「ハイ！」

「でも、どうしてそのお店をお辞めになり、弊社に来ようと思われたのですか？　正直、待遇面ではたいして変わらないと思いますが…」

「人間関係があまりうまくいかなくて…」

「人間関係ですか…それは…」

　言葉の途中で宏は激しい目眩《めまい》に襲われた。脈拍は急上昇し、入社希望者の姿もテーブルもイスも目の前にあったすべてがグニャリと歪《ゆが》み、同化し、その形を留めていなかった。

「どうか…しましたか!?」

　言葉を止めたと思ったら、視点が定まらずにうつろな表情を浮かべる宏の異変に、この入社希望者も気付き声をかけた。その声に反応するように世界は何事もなかったかのように元の形へと戻っていった。

「え、ええ…すいません…」

　そう返事してからは何の異変も起こることはなく、宏は面接を続けた。

（疲れてるのかな。そういえば、ここひと月以上、休んでないもんな…）

単なる過労…まだ26歳を迎えたばかりの宏は自分の内側で恐ろしい問題が起こっていることなど思う由《よし》もなかった…。

そしてそれは開店後、宏が各店を回る中、ハワイアン西口1号店で起こった。

「客入りが少ないいんだから、余っているボーイを客引きに回したらどうだ？」

店の奥にある事務室で宏は店長にそう言った。開店からまだ間もない時間、客入りが少ないのは仕方のないこと…。それは宏も理解しているが、だからといって手をこまねいているよりは攻めに出るべきではないか——そんな思いからの発言であった。

しかし…。

「…わかりました」それを言われた店長は明らかに不服そうな顔を浮かべた。

だがそれは、余っているボーイを客引きにまわすことに対してではなく、店のことにいちいち口出しをしてくる宏に対してだった。

「ハァ…」店長のそんな態度もすでに日常茶飯事で、心の中で不満に思っていることも理解していたが、それでも毎度のことに宏は頭を抱えた。

(俺だって言いたくてこんなこと言ってるわけじゃないんだよ。口出しされるのが嫌だったら売り上げが良くなるために自分で考えて行動してくれよ) そんな思いだった。

それからほどなくして、店がピークの時間帯を迎えると宏は次の店へ向かうため、事務室を後にした。外へ通じる出口へ向かうため、宏は客もまばらな店内に足を踏み入れた。大音量のＢＧＭが流れる薄暗い店内…まだ目が慣れない宏は目を凝らしながら歩いた。

ホステスの肩に手をまわし楽しげに酒を飲む客を横目に出口へ向かう途中、宏はビール瓶をトレイに乗せて運ぶボーイとすれ違った。その瞬間だった。〝ドクンッ〟心臓が大きく脈を打ったように感じた。そして再び、宏の世界は歪《ゆが》み、薄暗い店内の景色はすべて濃紺一色に変わった。

〝ガチャンッ！　パリンッ！〟　グラスの割れる音や倒れるビール瓶の音などがやけにハッキリとその耳に聞こえた。店内がざわついているのがわかる。

「大丈夫ですかっ!!」

その心配そうな声が自分にかけられていると気付いたのは、少し経ってからだった。

〝ドッドッドッ…〟　心臓は１００メートルを全力で走った後のように激しく脈打ち、視界は濃紺一色に染まってから何も変化がなく、光も色彩も何も映していなかった。

（く、苦しい…）宏は息苦しさにもがいた。

（息が…息ができない…）

息を吸おうとしているのに、まるで体が呼吸の仕方を忘れてしまったかのようだった。いや、それ以前に体の感覚すらなかった。宏の体には痛みも痺《しび》れもなく、今、自分が立っているのか、倒れているのかさえ、わからなかった。ただ厚く柔らかい何かが自分の意識の周りを覆い、心と体の伝達を遮断しているような感覚だった。

（し、死ぬ…）

そう思った瞬間、それまでハッキリしていた意識は混濁の海の中へと溶けていった。

病

「どこだ…ここは…⁉」

宏は見覚えのない部屋で目覚めた。自分の置かれた状況を探るように目だけで辺りを見渡した。白い壁に白い天井…。事務所やお店の事務室じゃない…もちろん、自分の部屋でも。窓からは光が差し込んでいる。

やはり今いる場所は全然見覚えがない。宏は靄《もや》のかかったような気だるい頭で記憶をたどった。重く感じる頭の中を巡っていくと、しだいに店での出来事を思い出した。

「そうだ…俺は倒れたんだ。目眩《めまい》がして…息苦しくなって…そのまま…」

あの時の苦しさを思い出すと、自分が今生きていることが不思議なほどだった。それほどの苦しさだったのだ。そして宏は今、自分のいる場所も想像がついた。

「…ということは…ここは病院か…!?」

そう思って見れば、この白い部屋にも納得がいく。しかし、特に痛みも何も感じないため、宏は立ち上がろうとした。しかし…。

「痛ッ!」

上体を起こそうとついた左腕の肘のあたりに違和感のような痛みを感じた。そこで宏は初めて腕に点滴がされていることに気付いた。急に自分が病人なのだという思いが心の中に広がっていた。勝手に起きるのが怖くなり、再びベッドに横になった。

「俺…どんな病気なんだろう。あの時の苦しさは普通じゃなかったよな」

今まで入院はおろか、カゼ程度の病気しかしたことのない宏は倒れた時の苦しさを思い出し、死の病にでも侵されているのではないかという不安にかられた。

それからどれくらいの時間が経っただろうか。ベッドの上で宏は誰かが来るのを待った。とにかく今の状況が知りたい一心で…。

病室は他の患者たちとカーテンで仕切られていたので、それほど悲観的な病気ではないのだということだけはわかり、とりあえず安堵した。さらにそれから少しして、ようやく訪れた医師の口から聞かされた言葉に宏は唖然《あぜん》とした。

「新冨さんの体には別段、これといった異常はありませんでした。一緒にいらしたお店の方からのお話から察するに過労でしょう」

「過労…」

（あの死にそうな苦しさが本当に過労なのか？　何か見落としてるんじゃないのか？）

安心した半面、そんな納得のいかない気持ちが宏の中には渦巻いていたが、「医師が問題ないというのだから」とそれを信用し、とりあえず胸を撫で下ろした。

その日はそのまま病院で休み、翌朝、退院した宏はそのまま仕事へと向かった。

――しかし、その数日後。

〝ドダンッ！〟　店舗回りをしていた宏は再びホールで倒れた。前回と同じように、目眩と息苦しさを伴って…。

再び、病院へと運ばれさまざまな検査を受けたが、やはり宏の「体」に異常は見つからなかった。しかし別な場所で発見された…それは「心」だった。医師が宏に告げた病名は、自律神経に影響を来す『精神不安症』だった。宏は半年間の療養を余儀なくされた。26歳の出来事だった——。

療養

体と同様に心も無理をさせ続けると故障する。若くしてトップの座に就いた宏だったが、ノルマからくるプレッシャーと非協力的な社員の間で板ばさみとなり、圧迫され続けた心は行き場を失った。

心と体は互いに不可分の関係にある。体は心に作用し、心は体に作用する。例えばカゼは肉体的な病だが、心を憂鬱《ゆううつ》にさせる。宏の場合はその逆で、圧迫された心が体に影響したのだ。「死ぬ」と思わせるほどの肉体的な影響はそのまま心の叫びだった。「心の病」というと「心の弱い人」がなるように思われがちだが、それは間違いである。誰もが肉体的なケガや病気になる可能性を持っているように、心のそれも同様なのだ。違うとすれば、目に見えない心は、その病の所在が捉《とら》えにくく、肉体的な病以上に治療には時間が必要だった。

本社からの配慮で宏は、いったん仕事から離れ、福岡の実家で療養生活を送ることとなった。ハワイアンで働くまで盆暮れは福岡に帰ったが、時間を気にすることなく、ゆっくりと実家で過ごすのは上京以来、初めてだった。

療養の間、宏は両親と話をし、さまざまな本を読み、散歩をして過ごした。膨大な時間は、都会の喧騒《けんそう》に揉《も》まれ、ざわついていた宏の心を穏やかに静めていった。

持て余す時間は自分との対話の機会を増やし、宏はこれまでの半生を改めて振り返った。野山を駆け回った幼少時代、その後の人生を変えたと感じている初恋と受験勉強、生徒会の副会長になり人の前に立つことの爽快感を知った高校生時代、竜三との出店、そしてハワイアンでの2年間…。時間は積み重なるにつれて、その流れを速くしていった…。

「焦ってたのかな…俺」ポツリ…宏は呟いた。

何に焦っていたのか…出世？　借金？　いくら考えても、その答えは出なかった。

しかし、社長面《づら》して各店を回っていた自分が卑しい人間のように思えて急に恥ずかしくなった。

「キャバレーではホステスが主役。ボーイは従に過ぎない…課長になった頃の俺はそれがちゃんとわかってた。でも、社長代理の俺は自分を主役と錯覚してなかったか!?」

自分より年上だった店長たちを立てていたか？　客入りや売り上げばかりを見てなかったか？　そんな反省にも似た自問自答がいくつも脳裏に浮かんだ。

(今度は…焦らないでやろう…)

そう思った時、宏の表情は雨上がりの青空のように晴れやかだった。

復帰

――１９７３年９月。

宏は再び東京へ…戦場へと戻った。宏がいない間に季節は夏が過ぎ、残暑を残しつつも着実に秋を迎えようとしていた。口にすればわずか半年だが、その間にハワイアン・グループはさらに拡大し、５００店舗以上となっていた。

しかし出社した宏に社長代理の席はすでになく、かわりに待っていたのは転勤の辞令だった。再び宏が店で倒れることを恐れた会社は、宏に現場に出ることのない本社勤務を言い渡したのだ。

宏が新たに配属されたのは、チェーン展開していくハワイアン・グループの経営戦略を立てる経営企画室――その中にある社員の教育や研修プログラムを開発する『教育課』だった。

ハワイアン・グループでは幹部教育に独自のプログラムであるダイナミック・マネジメント・プログラム（D・M・P）を行なっていたが、完璧なものなど存在するはずもなく、つねにブラッシュ・アップしていく必要があった。

宏はそこに半年間配属された。そしてこれまでの体験を踏まえながら、自身が療養生活の間に読んだたくさんの書物の内容を既存のD・M・Pと融合させた。

それは集まった幹部候補者全員に大声で笑う練習をさせたり、指名した者を皆の前で質問攻めにしたり、時には皆でお経を読み上げさせる時もあった。

はたから見たら不思議な光景だったが、プログラムの最大の目的は意識の統一である。言い換えれば、つまらない自我を取り払わせ会社の方針を従順に受け入れ、実践できる者を育てること。

そして宏がブラッシュ・アップしたこのD・M・Pは功を奏した。奇抜なことを皆でやることでそこに共通意識が生まれ、恥ずかしいと思いながらもやっていくことでつまらない自我の殻を破らせることができたのだ。もちろん全員が、というわけではなかったが、全体で見るとその売り上げが下がることはなく、むしろ右肩上がりを推移させることができた時点でこのプログラムは成功といえた。

「よしっ！」

部署も仕事の内容も肩書も半年前とは違ったが、それでも宏は仕事に確かな手応えを感じた。

暗雲

教育課の成功から、宏は渋谷に新たにオープンする『あばれ馬』という店の運営会社社長を任された。とはいえ、この運営会社はあばれ馬の1店舗しか持っていなかったので実質的には店長といったほうが正しかったが、宏にとっては関係なかった。

むしろ既存店ではないゼロからのスタートの上、あばれ馬は現在の〝ピンサロ〟の原型となった〝ピンクキャバレー〟の形態だった。どちらも宏にとっては初めての経験だったのだ。強いプレッシャーがその両肩にのしかかってきた。

「新規店なんてどうしたら良いんだ…」

ホステスもボーイも客もすべてがゼロからのスタート。約1年ぶりの現場復帰と同時に宏は、これまでに経験したことのない局面に立たされた。

胸中では、「どう対処したら良いんだ？」という不安が広がっていたが、宏にはそれを感じる余裕すらなかった。

「とにかく何かしなくちゃ…」

そう思った宏は、ホステスとボーイに関しては、これまでと同様に求人広告を出して募集した。問題は客だった。

これまではすでに認知があり、店に向かう人の流れもできあがっていたので、店の前での呼び込みや、〝ステ看〟などで充分対応できた。商戦などで攻めに出る時にはスポーツ新聞などに広告を出せばそれなりに効果も得られた。

しかし今回はまったく認知のないところからのスタートである。いくらグループとしての認知はあっても、ハワイアンの冠ではない店だ。その上、渋谷は周りにはキャバレー王・福沢率いる『ラスベガスグループ』や『ドンドングループ』も進出している激戦区だった。

　これまでのようなステ看や新聞・雑誌広告程度では、これらのライバルに対して万全とはいえないと感じた宏は統括会社に相談した。

「――わかった。それじゃあ、本社と相談してテレビCMも投下しよう」

　こうして宏はホステスと黒服の面接に対応しつつ、告知宣伝もひとりで進め、その日常は再び多忙を極めた。

　そして、あらゆる手を尽くして告知した『あばれ馬』は無事オープンし、充分な客入りを得ることができた。宏にとって初めての立ち上げは、上々のスタートを切ることができたのだ。

「良かった…」宏はホッと胸を撫で下ろした。

　――しかし、この盛況は束の間の打ち上げ花火だった。

　開店から1週間が過ぎ、2週間、3週間と日を追うごとに客足は遠のいていった。

　そして1ヵ月が過ぎる頃、その店内は開店時の盛況が嘘のように閑散としていた。

もちろん、この間、宏は遊んでいたわけもなく、自らも店の前に立ち客引きをするなど、それこそ不眠不休で働いたが、遠のいていく客足を食い止めることも、新たな客足を伸ばすこともできなかった。

「クソッ！　どうしてなんだ！」

焦る宏だったが、焦れば焦るほど、その視界がどんどん狭まってしまっていることに気付いていなかった。そう…あばれ馬が、〝ピンク〟をウリにする店だということを宏は見落としていたのだ。

ハワイアンもお色気をウリにしていたが、あばれ馬がウリとしていたのは、もっと即物的なお色気だった。ピンクではなく、〝どピンク〟だったのだ。

しかし、ハワイアン以外の店では働くことはもとより、遊んだことさえなかった宏は、それまでのハワイアンと同じ目線で店を運営していたのだ。

宏の目線のズレはホステス選びの時からズレ始め、提供するサービスにも、そのズレは生じていた。テレビCMの効果で客たちは店に足を運んだが、彼らはひと言でいえば「期待を裏切られた」のだ。

だから客足は遠のき、その評判は渋谷で遊ぶ者たちに伝わり、新たな客足をも遠のかせていた…。

74年8月。宏が渋谷での職に就いてから半年を迎えようとしていたある日、宏の元に1本の電話が鳴った。それは統括会社からのものだった。

「えっ…!?」受話器から聞こえて来る言葉に宏は耳を疑った。

「新富くん…しばらく仙台のほうを頼むよ…」

それは仙台ハワイアンへの転属命令…実質的な左遷だった。本社は宏では、あばれ馬の立て直しはできないと判断したのだ。

「そ、そんな…」喪失感と屈辱、行き場のないやるせなさから宏は受話器を持ったまま呆然《ぼうぜん》と立ち尽くした…。

忍耐

転属を言い渡された翌月、宏は生まれて初めて仙台を訪れた。しかし、新鮮に映るはずの新天地の街並みも、宏の目には生彩を欠いて映った。まるで失恋でもしたかのように宏の心には喪失感でポッカリと穴が空いていたのだ。

(仕事が始まれば、またヤル気も出てくるさ…)

喪失感を抱えたまま仙台に降り立った宏だったが、そんな宏に追い打ちをかけるように「仙台ハワイアン」で待っていたのは、社長でも課長でも幹部ですらない平社員としての仕事だった。

「新冨、タバコ買ってきてくれ」

部長の下で宏は使い走りとして、仕事のみならず私的なことでも使われた。再び与えられたボーイの仕事は、一度、店を取り仕切る立場を経験した宏にとっては、退屈そのものでしかなかった。仕事が始まれば戻ってくると思っていたヤル気は一向に起こらず、仕事の中に充実を見いだすことができない宏の喪失感はさらに増していった。

(与えられた仕事だけをそつなくこなそう…)

モチベーションの上がらない宏はしだいに仕事の中にやり甲斐も充実感も満足感も求めなくなっていった。仕事をするのは食べるためと借金を返すため…ただ、それだけだった。感動も苦悩もない平坦な毎日が続いた…。

気がつくと杜《もり》の都に訪れた時、初秋だった季節はすでに冬となり、年も新年を迎えて75年となっていた。

その間も宏はホールでビール瓶を運び、店の前で呼び込みをして、ボーイとしての仕事をただ黙々とこなした。部長の使い走りと並行して…。

情熱をたぎらせてロマンを追い求めるタイプの宏にとって、その凹凸のない平坦な日常は、まさに「忍耐」のひと言だった。

そして2月になると宏に再び転属の辞令が出た。

『都南ハワイアン観光　代表取締役を命ず――』

その辞令に宏は驚いた。この仙台で何も結果を出さず、ヤル気の欠片《かけら》も見せなかった自分になぜ、社長の座がまわってきたのかと…。

しかし喜ばしいことであるのは確かだった。これでこの単調な日常から抜け出せると、宏は東京行きの列車に乗った。吐く息も白く小雪の舞う3月のことだった。

苦悩

都南ハワイアン観光の事務所は蒲田にあった。事務所へと足を運んだ宏には確かに社長の椅子が用意されていた。

都南ハワイアン観光はグループの中でも要《かなめ》となる運営会社のひとつで、その運営店舗は10店舗を超え、働く従業員は軽く500人を超えた。つまり宏は、かつて社長代理となった都北ハワイアン観光の時以上の規模の会社を任されたのだ。

都南ハワイアン観光への配属に合わせて宏は仙台の部屋を引き払い、蒲田に部屋を借りた。蒲田駅から徒歩15分ほどの1DK、風呂・トイレ付き。仕事が終わってから始発を待たなくても歩いて帰れる部屋だった。

「今度こそ……!」環境も新たにそう意気込む宏だったが、周囲の目は冷ややかだった。まだ28歳の上、転勤して来ていきなり社長として配属された宏に好意的な者などいなかったのだ。孤独を感じつつも、すべきことは限られていると、宏は仕事に臨んだ。

社長となった宏に与えられた使命は、都北ハワイアン観光で社長代理をしていた時と同じく唯ひとつ…運営店舗の売り上げを本社からのノルマに届かせることだった。

「店を舞台にたとえたら、ホステスは舞台に立つ役者。衣装係や照明係のようにホステスを支え、引き立てるのがボーイ。そのホステスやボーイを差配し、その能力を最大限に引き出す演出家・監督が店長をはじめとする各店の幹部たち。だとしたら俺の仕事は、その店が最高の仕事をできるように最高の舞台を整備することだ」

かつての失敗と療養中に反省したこと…それらを胸に刻み、今回はあくまで誰よりも黒子であることを心がけた。

店長たちと行なう定期的な会議で宏はあくまで聞き役に徹し、それまでのように売り上げに関する一方的な問い詰めや自分の意見を通そうとする、いわゆる〝社長風〟を吹かせることはなかった。各店にもそれまでのように連日連夜チェックしに行くことは止め、あくまで各店長たちにその差配を委ねた。自分の仕事は現場からの意見を統括会社に、そして本社に通すことと捉え、その達成に尽力した。

しかし、そんな努力とは裏腹に、宏に対する冷ややかな目はそう簡単には変わることはなかった。特に直接かかわる十数人の店長たちは、「この店は俺が守ってきたんだ！」――そんな思いからか、転勤社長である宏を「よそ者」のように扱った。

「蒲田ではこうなんです」

「社長はこっちのことを知らないんですから…」

いくら一任していても、管理者として疑問に思ったことに対しての質問くらいはする。しかしその時、宏には決まってそんな言葉が返ってくるのだった。

たとえ、宏から見て疑問に感じるような差配であっても、それで売り上げがノルマを下回ることがなければ、それは功を奏しているといえた。しかし各店長に一任し、自由に差配させた結果がノルマを上回ることはなかった。宏は再び人を扱うことの難しさに直面した。

現場で働いていた頃、必要なことは自分自身に対することだけだった。自分を律して努力することで出世の道は開けた。しかし今は人を差配する立場…必要なのは自分に対してだけではなかった。自分がひたむきに努力すれば良いわけじゃなく、時には毒も飲み込む許容と柔軟性が必要だった。

しかし、それはたとえ頭で理解できても、すぐに実践できるほど容易なことではなかった。現に、宏は自分の意見を飲み込み、店長の意見を立てれば良い、と思っていた。しかし、それでは結果が出なかったのだ。

「自分の意見を通そうとしてもダメ。店長たちの意見を通してもダメ。どうしたら良いんだ…」

宏の焦りといら立ちは日ごとに大きくなっていった。

〝ジリリリン…〟　それから半年ほどが過ぎた頃、事務所の電話のベルが鳴った。面接者などの対応のため、ひとり事務所に出ていた宏がその電話に出ると、受話器の向こうから聞こえてきたのは総帥・松崎の声だった。

「お、お久しぶりです…！」

電話口の相手からは姿が見えないにもかかわらず、宏は背筋をピンッと伸ばした。いや、無意識のうちに伸ばしていた。松崎は雲の上の存在…電話で話すだけでも宏にとっては、それほど緊張することだった。

「ああ。頑張ってるか？」

「ハ、ハイ！」

「そうか…。だが、都南の成績が芳しくないという報告を受けてるんだが…」

「す、すいません！　今月はちゃんとノルマを達成できるように頑張ります！」

「その言葉、期待しているよ。個人的に新富には期待しているんだ…俺をガッカリさせないでくれよ」

「はい！　会長のご期待に沿えるよう、尽力します！」

受話器の向こうから、〝プーップーッ〟という終話音が聞こえてくると、宏はヘナヘナと力なく椅子に腰を下ろし、持っていた受話器を置いた。夏を控えた季節にもかかわらず、宏の心は冬の冷気でも浴びたかのように引き締まっていた。

「あれは…つまり最後通告ってことだよな…」

総帥自ら電話してきたことの意味を宏は、これ以上、売り上げが上がる見込みがなければ、社長を別の者にするつもりなのだと理解した。

それからの宏は今まで以上に仕事に没頭した。しかし、そんな宏の努力もむなしく売り上げはそれまでとたいして変化はなかった。行き場のない焦りと不安が宏にのしかかっていた。

ある日、仕事を終えた宏は自宅に帰ると深夜にもかかわらず、いつもどおりシャワーを浴びた。給湯は浴槽の横にあるバランス釜で湯を沸かして送り出していたので、水圧は非常に弱かった。宏は今日1日の疲れを洗い流すかのように、その水圧の弱いシャワーを頭から浴びた。

「…」シャワーから出るものとは違う液体が、宏の頬《ほほ》を伝わっていた…。

その時、宏は何かを考えていたわけではなかった。今日の仕事のことも、明日のことも、その時の宏は何も考えてはいなかった。

「あ、あれ…!?」

自分がなぜ泣いているのか…自分でもわからなかった。しかし、涙は止めどなくあふれ、シャワーから出てくる水と混ざり流れていく…。

〝ザーッ…〟　シャワーの音がやけに大きく耳に響いた…。

(こんなにうるさかったっけ…。近所から苦情こなければいいけど…)

そう思った瞬間、宏はその場に突っ伏した。そして大声をあげて泣き出した…。何が悲しかったのか、何で泣いているのか…それは宏にもわからなかった。しかし、宏は明確な理由もなく大声で泣き続けた。シャワーの音が自分の声をかき消してくれると思いながら…。


それからさらに半年ほどが過ぎた頃、宏に再び転属の辞令が下りた。

『南洋ハワイアン観光　経営企画室・室長を命ず――』

しかし、その辞令を見た宏には悲しさも屈辱感もなにも湧いてこなかった。もちろん、新しい配属先への期待なども。ただ、転属の辞令が来た…その言葉どおりにしか感じなかった。

この頃になると、すでに宏の心は疲れ果てていた。度重なる転属。ノルマに追われる毎日。非協力的な部下たち。自分ひとりの努力で変えられることの少なさ…。そういったすべてが絡まり合い、こんがらがった糸のようになってしまった宏の心は生彩を欠き、感情は抑揚を失っていた…。

ひとりの時に突如、涙があふれ出ることも珍しくはなかった。それは自らの心が壊れないようにと作用している感情の防護機能だった。

この仕事を選んだ直接的な理由である借金も、この頃はすでに完済していた。宏がここまで心に痛みを負わせながらもこの仕事を続ける明確な理由もなかった。

しかし、宏は逃げ出さなかった。逃げるということを知らなかっただけなのかもしれない。どちらにせよ、宏は経営企画室という新たな〝戦場〟へと向かった。

光明

経営企画室は以前に勤めた教育課を有する部署で、グループ全体に対するさまざまな戦略を立てる部署だった。とりわけ、そのトップである宏がすべきことは広告宣伝とグループに卸す一括納入物の業者交渉だった。

ハワイアン・グループは俗にいう〝のれん分け〟のフランチャイズ方式で拡大していたので、各店舗ごとの宣伝はその運営会社が行なったが、〝ハワイアン〟というブランドをより知らしめるための宣伝を宏は考えねばならなかった。

とはいえ、ハワイアンはすでに全国に数百店を超え、その認知拡大のための宣伝方法も確立しつつあった。それを引き継ぐことで宣伝に関しては、新たな展開を試みる必要もなく、充分な結果を出すことができた。

経営企画室の仕事は、それまでの店での仕事とは異なり、自分自身が直接、現場に立つことができた。つまり、自分の努力いかんで結果を出すことができた。これまで社長だった時は、客と接するフィニッシャーのホステスがいて、それを管理する幹部、その上に部長や店長、そして宏がいた。いくら自分が努力しても下が動かなければどうすることもできなかった。しかし、今回は宏が努力したぶんはそれだけ結果として返ってきた。それが再び、宏の中で忘れかけていた仕事の充実感や楽しさを少しずつだが、思い出させた。そして数ヵ月が過ぎると、そこにはすっかりモチベーションを取り戻した宏の姿があった。

宏は社内の膨大な資料に目を通すと、ドレスを本社で一括で買い上げ、それを各運営会社に卸すことで大幅なコストを削減できると考えた。

当時のハワイアンではミニスカートが鉄則だった。その限りなく見えそうで見えない微妙なお色気が大衆に受けていた。ドレスはミニであれば何でも良いという風潮が少なからずあったが、宏はキャバレーが通常発注するようなメーカーではなく、あえて大手のアパレルメーカーにアポイントを取り、交渉に臨んだ。

「いやぁ…ハワイアンさんは私も存じてますが、そのドレスを弊社に…ですか⁉」

交渉の場に現れた担当者は、明らかに場違いと言わんばかりの困惑の表情を浮かべた。しかし、そんな対応に臆《おく》することなく宏は交渉を開始した。

「はい。弊社では現在、1000人以上のホステスが在籍しております。そして店舗はまだまだ拡大しておりますので、その数は近いうちに2000人、3000人と伸びていくでしょう。御社としても悪いビジネスではないはずです」

「いや、しかし、『水商売に』というのがですね…イメージが良くないといいますか…我が社としてのイメージを損ないかねない」

「なっ…⁉」

今よりも水商売に偏見があった時代、その反応は当たり前であった。しかし、宏は自分の仕事にプライドもあったし矜持《きょうじ》もあった。そう言われて、「ハイ、そうですか」と引き下がれるほど軽い気持ちでこの仕事をしてはいなかったのだ。宏の内なる何かに火がついた。

「確かに我が社は水商売といわれるお店を運営しております。しかし、後ろ指をさされるような後ろめたいことはいっさいありません。そして、そこで働いているのは御社で働いている方々と同じ『人』です…差別される理由はありません。もちろん御社の商品を買っている者もいます。ならば、弊社の人間は御社の商品を買ってはいけないというのですか？」

「新富さん、それは詭弁《きべん》ですよ」

「一緒です。そこに需要があるんです。需要のある場所に求められている商品を提供するのがメーカーの義務だと私は思っています」

「義務…ですか…」

「そうです。私たちの仕事を〝娯楽を提供するメーカー〟とたとえるなら、どんな嫌なお客様にも店の規則に則って頂けるなら、ホステスは嫌な顔ひとつせずに全力で接客します。それが私たちの義務だからです。それと同じことではないのでしょうか?」

企業対企業として、そして人対人として宏は交渉した。おそらくこの頃からだろう…後に宏が、〝ナイト・カルチャー・クリエイション〟——夜文化の創造として、〝ナイトビジネスの一般企業化〟を意識し始めたのは…。

そして宏の熱意と粘りに負け、この企業はハワイアン・グループにドレスを卸すこととなった。

宏にとっては一括大量購入によるコストの削減と、薄暗い店内とはいえ、目に見える部分での質の向上のための交渉だったが、その効果は思わぬところで発揮された。

それまでホステスにとって作業着として〝ただ着る〟だけだったドレスが、〝着たい〟ドレスへと変わり、彼女たちの仕事に対するモチベーションが変わったのだ。

コスト削減とホステスのモチベーション向上。経営企画室室長として、このふたつは特筆すべき成果だった。つまり宏は、わずか半年ほどの間に結果を出したのだ!

これにより宏は再び、現場に配属されることとなった。今度の戦場は、宏のこの仕事の原点であり、かつて社長代理まで上り詰めながらも途中で倒れ、その場を去った都北ハワイアン観光だった。3年ぶりの帰還である——。

ラスト・チャンス

社長として3年ぶりに都北ハワイアン観光へと戻った宏だったが、そこに宏の知る顔ぶれは誰ひとりとしていなかった。社長風を吹かす宏を煙たがった店長たちも、部長や課長といった幹部たちも、昇進して違う店に配属された者、同業他店に移った者、その激務からこの業界から去っていった者などさまざまだったが、宏が社長代理だった頃とは顔ぶれが一新されていた。宏は改めて〝水〟と呼ばれる世界の移り変わりの早さを実感した。

「あの時の無念は、ここで晴らす！」

かつての面影を残さない都北ハワイアン観光に少なからず寂しさを感じつつも、宏は気持ちも新たに仕事に臨んだ。そして同時に、おそらくこれが自分にとって最後の社長なのだろうと…これで失敗したら上を目指すその道は閉ざされるだろうと、気持ちを引き締めた。

宏のすべきこととは、これまでと同じく各店舗の売り上げノルマを達成することであった。かつて3店舗だったその店舗数は、わずか数年の間に20数店舗にまで拡大し、そこで働く数は1000人を超えていた。

そのひとつの〝村〟といっても良い人数を抱える集団をひとつの目的に向けて動かしていくことが容易でないことは、これまでの社長の経験を通して宏は身に染みて理解していた。

トップである社長から末端である現場のホステスやボーイまでつながる組織系統を淀《よど》みなく直列でつなぎ、その意識を統一できなくては目的の達成は不可能であるということを…。

しかし、都南ハワイアン観光の時と同じく、この都北ハワイアン観光でも社員たちの宏に対する態度は冷ややかだった。ある者は自分より若い社長という理由で、またある者はよそ者がいきなり自分たちの上に立ったことへの不満から…宏は再び孤軍奮闘を迫られた。

しかし、都南ハワイアン観光の頃と同じ生活を送り始めた宏は、かつては感じなかったある種の違和感を感じるようになっていった。それは「自分は何か間違ったことをしているんじゃないか?」という落ち着かない感覚だった。

30歳を目前にしたこの頃、宏には24歳でこの世界に飛び込んで以来、6年分の経験がその身に積み重なっていた。悩み、苦しみ、葛藤し、それを打破するために考え、それでも躓《つまず》き…それを繰り返しながらも逃げずに戦い続けてきたからこそ、その経験は宏の血となり肉となっていたのだ。そして宏はあるひとつの結論にたどり着いた。

「あくまで『店』という舞台を創るのは俺なんだ…妥協しちゃダメなんだよ。店長たちの意見を一方的に聞くんじゃなくて、俺の意見もぶつけた上で創っていかなきゃダメなんだ」

それから宏は、それまで控えていた営業中の各店舗回りを行なうようになった。しかし、かつてのように店長に口出しをすることはなく、それはあくまで店の実状を自分で把握するためだった。そして、もうひとつ気付いたことがあった。

「売り上げというのは、〝結果〟なんだ。ノルマのための売り上げなんじゃなくて、営業した結果が売り上げ…。当たり前のことだけど俺、ノルマに追われてすっかり忘れていた…」

それは言い換えれば、「店を良くすれば必然的に売り上げも伸びる」――そんな単純ながら、的《まと》を射た考えだった。だから宏は、社員のためとか会社のためといった考えは一度捨て、店を良くすることだけに専念することにした。それがひいては社員のためになり、会社のためになるだろうと…。

そしてそのために、宏にはしなくてはならないことがあった。

「私はひとりでは何もできない人間です。皆さんの力を貸してください」

運営店舗の店長たちが集う幹部会の場で宏は一同の前で深々と頭を下げた。

「…」その会議に臨んだ店長たちは皆、言葉を失った。

「私は今まで皆さんの意見をキチンと汲めていませんでした。でも、今さらですが気付いたんです。社長という役職にいる私の使命とは皆さんを管理するのではなく、皆さんがより仕事のしやすい環境を作るために、その現場の声を本社に通すパイプ役なのだと…。今まで働きにくい環境を作ってしまい、すいませんでした」そう言うと、再び頭を下げた。

全面的に自分が悪かったとまでは思っていなかった。しかし自分に至らない部分があったというのは理解した。しかし、それをすべて自分の至らなさと認め、社員たちと正面から向き合うのは思うより簡単なことではない。「店長たちに軽んじられるのではないか?」「ダメな社長だと思われるのではないか?」といったプライドが頭をよぎるからだ。

しかし、この時の宏にはそういう感情はなかった。むしろ、その感情の本質はプライドではなく自分を満たすためのもの――エゴでしかないとわかっていた。

宏の「しなくてはならないこと」…それはギクシャクしてしまっている店長たちとの関係の修復だった。そのための毒を宏は飲んだのだ。

「どんなことでも構いません、思ったことを僕にぶつけてください。したいことはしてください。僕は皆さんの希望をできる限り本社に通しますし、最後の責任は僕が取ります。そのかわり、皆さんには売り上げのほうをお願いします」

宏は自らが黒子に徹するかわりに、彼らにノルマに関するいっさいを任せた。それは責任放棄ではなく、ひとつの組織として役割を分担し、彼らに責任を課したのだ。しかし、それは同時に信頼の証しでもあった。かつて都南ハワイアン観光でも試みたことであったが、その時と絶対的に違ったのは、それを明言したことだった。「口にして伝える」――たったそれだけのことだったが、その違いは絶対的だった。相手が歩み寄ってくるのを待つのではなく、自分から進んで歩み寄ったのだ。そして、この宏の選択が自身の運命を大きく変えていった。

各店長は任された店で一国一城の主として自ら考え行動するようになっていった。

そして人は情熱に燃えると現状維持では満足しなくなるものである。

「社長！　今度、水着イベントを開こうと思うんですが」

「ウチの店のホステス3人が、『ドンドン』に引き抜かれたんですが、防護策はどうしたら良いでしょうか？」

「都北ハワイアン観光系列のお店で使える割引チケットを作ってみたらどうですか？」

毎月行なわれる会議では、それまでとは打って変わってさまざまな意見が飛び交い、宏は会社全体の活気を感じることができた。

時にはその考えが的外れな場合もあったが、そんな時は宏が自ら責任を取り、本社に頭を下げた。あくまで店長たちには現場に専念させたのだ。

逆に宏は今までほど現場に顔を出さなくなっていった。直接、現場に出ずとも店長たちの報告から、頻繁に顔を出していた頃よりもはるかに詳細に各店舗のことを把握することができるようになっていたからだ。

そしてそのぶん、宏は本社に顔を出すことが多くなっていた。

「良いリズムで会社がまわってるな…」そう宏は実感していた。

そして、その感覚が間違っていないことを証明するように、気がつけば都北ハワイアン観光が運営する20数店舗は全店がノルマをクリアできるようになっていた。

運営会社が安定し始め、宏が本社に顔を出す頻度が増えるに従って、それまで雲の上の存在と感じていた総帥・松崎と顔を合わせる頻度も増え、食事をともにする機会にも恵まれた。

初めて松崎と食事をした日、宏は松崎に連れられて銀座の割烹《かっぽう》にいた。8畳ほどのこぢんまりとした個室に通された宏は、初めて訪れた高級店の雰囲気にキョロキョロと落ち着きなく視線を泳がせた。

豪勢というよりは質素、煌《きら》びやかというよりは地味な室内だったが、しかしそこには言葉では表現しがたい高級感があった。その言葉どおり宏は高級を感じていた。

「フッ…そうソワソワするな」緊張する我が子を嗜《たしな》めるように松崎は言った。

「す、すいません…！」

しかし、その緊張は何も店に対してだけでなく、むしろ今、目の前に松崎がいるからのほうが大きかった。

「頑張ってるみたいだな！」

「ありがとうございます！」

いつかの電話と同じ言葉を宏に投げかけてくる松崎だったが、この時はその後ろにプレッシャーを含んでいない、そのままの意味で宏は受け取った。

松崎はテーブルの上のグラスにつがれたビールをひと口含むと、緊張感を解いた少し柔らかい声で話し始めた。

「なぁ、新富…俺はな、〝キャバレー革命〟を起こしたいんだ…」

「キャバレー革命…ですか？」

「そうだ。とかく風評があるこの業界を〝健全な夜の社交場〟にしたいんだ」

「健全な夜の社交場…」その言葉は宏の心をざわつかせた。

「俺たちは…少なくとも俺は、この仕事に信念を持ってやっている。ここで働いてくれている女性たちには感謝もしている。そんな俺たちの生きる世界を後ろ指さされるようなものにはしたくないんだ。堂々と胸を張って誇れるものにしたい。そのためには、このキャバレー業界が健全な夜の社交場となり、市民権を獲得するしかないと俺は思っている。しかし、それは並大抵のことじゃない。だから…」

「キャバレー革命…ということですか!?」

「ああ。少なくてもハワイアン・グループは俺の意思が反映しやすい。つまり健全な店が作りやすい。だから俺はもっともっと店の数を増やしてハワイアンが業界基準になるまでにしたいと考えているんだ！　夢はハワイアン・グループ１５００店舗！全国制覇だ！」

「…」熱く語る松崎に宏は言葉を失い、ただただ聞きほれていた。

その日、松崎の車で家まで送ってもらった宏は興奮のあまり寝付けずにいた。

（俺もこの仕事に誇りを持っている。でも、それで終わりだ。それを示すために世の中に何かを投げかけてきたわけじゃないし、そんなこと思ってもみなかった。だけど会長は違う。会長は業界全体を変えるために動いているんだ。言い換えれば、自分自身の存在意義をこのキャバレーという世界に懸《か》けてるんだ！）

〝キャバレー界の異端児〟〝日本一成〟と呼ばれる松崎のバイタリティーの一端を垣間見て、宏も情熱の導火線に火がついた。

それ以来、宏は松崎に少しでも近づきたいと、機会があれば行動をともにするようになった。もちろん、松崎に認められたいという思いも強まっていたので都北ハワイアン観光社長としての仕事にも邁進《まいしん》した。それは全国に２５０社ある運営会社の中で都北ハワイアン観光は１位の売り上げを収めることも度々あるほどだった。

そして松崎と行動をともにする中で、宏はさまざまなことを学んだ。松崎の帝王学ともいうべき考え方からハワイアン・グループが急成長した仕組みまで…。

宏は南洋ハワイアン観光グループに入社して以来、初めて環境にも恵まれ、仕事的にも安定した穏やかな日常を送ることができた。

しかし、宏の満ち足りた日常とは裏腹に、その陰では時代の大きなうねりが静かに…だが確実にキャバレー業界に襲いかかっていた――。

脅威

ある晩、事務所にいた宏の元に1本の電話がかかってきた。

「――松崎です」そういう松崎の声のトーンは低かった。

「お疲れ様です…」そう返しつつ、松崎の声から宏は心の中でノルマのことかな…と予想した。しかし…。

「実は新冨に相談があるんだ」

あれ…ノルマの話じゃない!? そう思いながら宏は言葉を返した。

「はい…何でしょうか？」

「実は買ってもらいたいモノがあるんだ…」

「私に買ってほしいモノ…ですか？」

予想外の言葉に宏はますます松崎の目的がわからなくなった。

「ああ…そうだ…」

「それは何ですか？」

「それは…都北ハワイアン観光だ！」

「…」一瞬、宏は我が耳を疑った…。

「今、新富に任せている都北ハワイアン観光を4億で譲りたい」

「…」言っている言葉の意味はわかる…。

しかし耳から脳へと届いたはずのその言葉を、脳がまったく理解していないような現実感のなさから宏は言葉を失った。

宏がハワイアン・グループを舞台に戦う70年代——その背景には時代に影響をおよぼし、ネオン街に脅威となった3つの経済混乱があった。

ひとつ目は、宏が都北ハワイアン観光で社長代理になる少し前……。

——1971年8月15日。アメリカ合衆国第37代大統領リチャード・ミルハウス・ニクソンは、テレビとラジオを通じて全米にある声明を発表した。その声明の中で特筆すべきは、「金とドルの交換停止」であった。

それまで金はブレトン・ウッズ協定により、1オンス＝35ドルと定められ、そのドルに対して各国通貨の交換比率は定められていた。この固定相場制のもとでは、日本円は1ドル＝360円に固定されていた。奇跡ともいわれた日本の高度経済成長は、この体制のおかげで成し得たものだった。

しかし、この声明は世界経済に甚大な影響を与えた。その影響は日本をドル円間の変動相場制へと移行させ、景気に直撃した。ニクソン・ショック、ドル・ショックと呼ばれる出来事である。


そしてふたつ目は、ニクソン・ショックから立ち直りかけた73年10月6日——宏が療養生活から復帰し、教育課でD・M・Pをブラッシュ・アップしていた頃だ。イスラエルと、エジプト・中東アラブ諸国との間で第4次中東戦争が勃発した。これを受け、10月16日には石油輸出国機構（OPEC）に加盟するペルシア湾岸産油6ヵ国は原油公示価格の引き上げと原油生産の削減、そしてイスラエル支援国への禁輸を決定した。そして翌74年1月には原油価格は2倍に引き上げられた。

その影響は74年の日本の消費者物価指数を大幅に上昇させ、「狂乱物価」という造語まで誕生させた。社会不安はさまざまな噂を出回らせ、主婦はトイレットペーパーや洗剤といった原油価格と関係ない物まで買い占めに走った。日本の戦後から続く高度経済成長の実質的な終焉《しゅうえん》といわれる第1次オイル・ショックである。

火力発電を中心としていた当時の日本は省エネ対策の一環として、深夜電力の消費抑制に努めた。

そしてその余波は当然、ネオン街にもおよんだ。営業時間の短縮、融資抑制、早朝ネオンの制限など、キャバレー業界も含めたさまざまなナイトビジネス界に深刻な影響を与えた。新規参入店はもちろん、名店といわれた店の中にさえ、この時期にそのネオンの灯が消えた店が数多くあった。

宏に松崎からの申し出があった76年当時、時代はふたつ目のショックから立ち直り始めていた。だが、ハワイアン・グループはいまだ混乱の中にあった…。

肥大化し過ぎた組織は追い風には強いが向かい風には弱く、そのバランスを崩しやすかった。ハワイアン・グループは緩やかに、だが確実に坂道を転がっていた。そしてその存続のため、規模の縮小を迫られていたのだ。

「――ハワイアンは俺の子供にも等しい。そんな我が子を手放すのは正直、辛い…。俺の夢…〝キャバレー革命〟の実現からも遠ざかってしまうのかもしれない」

受話器を握りしめたまま言葉を失う宏に松崎は血ヘドを吐き出すかのごとく、その悲痛な思いを続けた。

「だからこそハワイアンは信頼できる人間に託したい。俺の夢も一緒に託せるだけの人間に…」

松崎はそこでいったん、言葉を区切った。そして再び口を開くと気迫のこもった口調で言った。

「新富！オマエにならば安心して我が子を託せる！　いや…託したいんだ！　都北ハワイアン…引き受けてくれ！」

グループや松崎の置かれた状況は別として、松崎の気持ちは素直に嬉しかった。しかし、いくら宏が仕事に明け暮れる毎日を送り、稼いだ金を使う暇さえないとはいえ、4億もの大金があるはずもなく、その10分の1の金さえ持っているかどうかという状態だった。しかし…。

「わかりました！」宏は口を開くと、躊躇《ちゅうちょ》なくそう答えた。

宏にその大金を払う金策があるわけではなかった。もちろん、いい加減な気持ちで言ったわけでもない。ただ、宏には尊敬する松崎の申し出を…そして、その思いを断わることなどできなかったのだ。それは師弟愛ともいうべき松崎に対する恩だった。

だが普通に考えたら4億もの大金をひと月やそこらで工面できるはずもない。それから宏は持ちえるすべての思考を回転させ、起死回生のアイデアをひねり出した。

それは当時、都北ハワイアン観光が有していた40店舗をいったん、4億円で買い取ると、そのうちの3億円分・30店舗を、独立を希望する社員たちに売り払うというものだった。もちろんその社員とは、松崎の思いを自分とともに汲むことのできる信頼のおける者たちだ。

そして銀行や知人などから何とか1億を工面した宏は、残った10店舗をその手にした。

こうして宏は29歳にして、それまでの雇われオーナーから、キャバレー10店舗を有する会社のオーナーとなった。

――しかし、時代はまだ3つ目の脅威を残していた。

レジャラース

1977年5月、宏は買い取った都北ハワイアン観光を『株式会社レジャラース』と社名変更すると、気持ちも新たに仕事に臨んだ。

『レジャラース』とは、「余暇」や「余暇に楽しむ娯楽」という意味の『レジャー』に、「神」という意味の『ラース』からつけた名前だった。

レジャーの神――ずいぶんと大げさに聞こえるかもしれないが、そこには宏の並々ならぬ気迫とふたつの思いが込められていた。

ひとつは、キャバレーを経営するこのレジャラースが…そして夜の世界が健全なレジャーとして世間に認められること。

そして、もうひとつはそのレジャーを、レジャラースが〝創出〟していけること…

そんなふたつの思いからだ。

とはいえ、立ち上げたばかりのレジャラースは、運営する店舗もそこで働く従業員たちも、それまでの都北ハワイアン観光からそのまま引き継いだので、宏のすべきことはこれまでと大きくは変わらなかった。最も変わったことといえば、これまで本社から課せられていたノルマがなくなったことだった。

そのぶん、各店舗が目標とする売り上げノルマは宏が考えねばならなかったが、人件費や固定費、返済金などから検討すると、それほど頭を悩ませることではなかった。もちろん、その金額を各店舗がクリアできるかという問題もあったが、幸い、各店舗とも比較的好調だったため、たいした見直しを必要ともせず、順調に推移していった。

しかし時代は、ふたつの経済ショックにより高度経済成長は終焉を迎え、キャバレー業界もすでに衰退に向け、坂道を転がり始めていた……。

客足は徐々に減少し、エネルギッシュだったはずの店内も微かにだが、どこか陰りを見せているようだった。

それは時代が変わり、客の求めるものがキャバレーのサービスから変わりつつあることを意味していた。

「キャバレーの次を考える時期なのかもしれないいな…」

そう考えた宏は松崎に頼み、銀座や赤坂、六本木に連れて行ってもらうと、〝一見さんお断り〟の高級クラブを紹介してもらい、さらにキャバレー、ピンクキャバレーを問わず、ネオン街のあらゆる店を見てまわった。

「今、レジャラースが持つ従業員や店舗といった資産を活かせるのは、やはり同じ夜のレジャー施設だろう…」そう考えた宏は衰退するキャバレーにかわるビジネスを考えるべく、さまざまな店を見てまわったのだ。

それまで宏は夜の世界に身を置いておきながらも、ネオン街を飲み歩くということが皆無に等しかった。そのため同業他店はもとより、クラブのような店にも足を運んだことがなかった。

そんな宏の瞳に、同業他店やクラブといったハワイアン以外の店は新鮮に映った。特にクラブでは、ホステスたちのプロとしての意識や姿勢、そして品性やマナーはキャバレーのそれとは異なり、宏に大きな興味を持たせた。また逆にクラブを知ったことで、キャバレーが持つお色気や活力ともいえる明るさ、そして、〝ポッキリ〟料金の明朗会計といったクラブにはない良さを再認識することができた。

その宏のネオン街めぐりが3ヵ月目を超え、そのために使った金額も300万円を超えた頃、宏の頭の中でぼんやりとだが、ある考えが浮かんでいた。

「キャバレーの良い所とクラブの良い所を合わせたらどんな店ができるんだろう…」

それは『キャバクラ』の卵が産み落とされた瞬間だった。しかし、この卵が孵化《ふか》するのは、ここからさらに5年の歳月を要する。

帝国の終焉

一方、キャバレー業界の衰退を宏よりも早く感じていた松崎は、宏に都北ハワイアン観光を託した76年の10月、『株式会社太陽チェーン』という会社を設立していた。それは当時、まだ100店舗を超えたばかりの大手コンビニエンス・ストアからヒントを得て作った『太陽チェーン』というコンビニエンス・ストアを運営する会社だった。

76年11月、東京都に駒込店・町屋店・富士見台店の3店舗を1号店としてオープンした太陽チェーンはユニークな〝ハワイアン商法〟を取り入れ、翌77年4月には24時間営業をいち早く開始。1周年を迎える11月には100号店をオープンさせるまでに至った。

しかし、その太陽チェーン好調の陰で、ハワイアンはさらなる苦戦を強いられていた。類似商法が生まれ、競争が激化すると当然、その売り上げは減少し、閉店に追い込まれる店も少なくなかった。すると今度はハワイアンのチェーン店オーナーや社員など内部から不満の声が上がり始めたのだ。

内に外に課題を抱えたハワイアンは、その規模を少しずつ縮小しながら、類似商法への対策とチェーン店オーナーへの対応策に追われた。

しかし、このキャバレーという業態自体がすでに飽和状態にある中で決定打となる施策が出ることはなかった。

78年、ピンクサロンの過度なサービスは取り締まりが強化され、この年から始まるイラン革命はオイル・ショック再来の気運を見せ始めていた。

こうして内外の問題だけでなく時代の大きなうねりに飲まれ、キャバレー業界に一大帝国を築き上げたハワイアン・グループは、その幕を静かに下ろした。ひとつの時代の終わりだった――。

第三章

キャバレー調クラブ

孵化《ふか》

――レジャラース誕生から5年が経った。

1979年の第2次オイル・ショックは再びネオン街に甚大な影響をおよぼしたが、レジャラースは、宏の性格をそのまま反映したかのような堅実経営のおかげで、その危機を乗り切ることができた。

衰退していくキャバレー業界を背景に、宏は自らの中で温めていた〝キャバレーとクラブの融合〟を実行に移した。82年5月に「キャバクラ事業部」発足と同時に、池袋東口に誕生した『池袋ニュー華紋』である。

5年の歳月をかけて宏の中でイメージが固められていった〝キャバレーとクラブの融合〟は、キャバレーとクラブを7対3の割合で取り入れた。それはクラブのように、功成り名を遂げた限られた者のためではなく、誰もが気軽に楽しめる店を作るための割合だった。宏はこの新しいスタイルを、〝キャバレー調クラブ〟と名付けた。クラブ調キャバレーではなく、キャバレー調クラブとしたのは、あくまで大衆店であるということを込めてのネーミングだった。

その新スタイルの店の根底にあったのは、「気持ちの良い店を作る」ということだった。そこには「接客」としての気持ち良さもあるし、「心理的」な気持ち良さもあった。

当時のナイトビジネスでは、お水でも風俗でも総じて「怖い」「ボッタくられる」というイメージが今以上に蔓延《まんえん》していた。宏は自分が生きるこの世界を後ろ指のさされることのない「気持ち良い」世界にしたかったのだ。特にこのキャバレー調クラブを作る時、宏は、「心理的」な気持ち良さを追求した。キャバレー譲りの明朗会計料金を設定したのだ。

宏は客の心理に最も影響をおよぼすのは「金」だと考えていた。いくら楽しく遊んでも帰りに予想外の金額を請求されれば、その楽しさは一瞬で消え去る。そうさせないための明朗会計だった。

口開け直後は客入りが少なく、遅くなるにつれて混んでくるというのはキャバレーの経験からわかっていたので、宏はホステスを遊ばせないため、開店直後を最安値とし、そこから入店時間によって1時間の基本料金をスライド式に上げることにしたが、それもキチンと明記した。

店内の雰囲気は高級クラブを意識した落ち着いたものにした。ハワイアンのようにプライベート性を高めるために店内を限りなく暗くし、他の席の声が聞こえないほど音楽をガンガン流すエネルギッシュな店でも良かったが、宏の感性は高級クラブの落ち着いた雰囲気のほうがマッチした。

それに高級クラブが根強く生き続けているのは、大衆を相手にしない閉鎖的な環境であるというのと合わせて、その落ち着きのある雰囲気にもあると宏は考えていた。それは流行《はや》り廃《すた》りとは関係ない、いわばスタンダードなのだと…。

もちろん、心理的な気持ち良さと、接客としての気持ち良さはたぶんに連動していたのでホステスやボーイの教育にも努めた。

ちなみに宏は客に対してだけでなく、働く者にとっても「気持ちの良い」店を目指していた。それは自分の店で働いてくれている人たちへの感謝の気持ちもあったが、師・松崎同様、夜の仕事を社会的に認めさせたいという思いもあった。

だからこそ宏は「水商売」という言葉を嫌った。何となくルーズなイメージが定着してしまっていたからだ。

だから、宏は「ナイトカルチャー」という言葉を使った。もちろん、口先だけで理想を語るはずもなく、宏は福利厚生の充実も図った。それはレジャラース誕生の時からそうであるが、社会保険の完備だけでなく、コンパニオンにも労災を適用し、社員寮を用意した。とかく宏が意識したのは、通常の企業と同じかそれ以上の福利厚生をナイトビジネスでも当たり前になるようにしたいということだった。

ありったけの情熱を注ぎ込んだ、このキャバレー調クラブとは宏にとって、まさに〝ロマン〟だった。夜の世界に…そして大衆に自分のアイデアと情熱の結集である店の是非を問いかけるのだ。

しかし、それは当然のこと。成功するかどうかなどわからない…。自分の打ち込めるもの、熱中できるもの、追い求めるもの…そういったものでなければ、何事においても成功することはできない。成功とは、あくまでロマンを追い求めた先にあるものなのだ。

宏はこの5年間、成功するために悩み考え続けたわけではなかった。夜の世界に生きる者として、新たなスタイルの店を生み出すというロマンを追いかけていたのだ。だからこそ、そのアイデアを固めるために5年という歳月を費やし、数百万円という大金をかけることもできたのだ。

こうしてニュー華紋は30人のホステスでスタートした。

——開店当日。

この新規オープンした店は、まず新しいもの好きの客たちによって埋め尽くされた。池袋は六本木や銀座と比べると新しいものに対して柔軟に興味を示しやすいという特徴があった。その街柄もニュー華紋にとっては追い風となった。

「キャバレー調クラブ…⁉ 何だそれ⁉」

そんな好奇心で半信半疑のまま訪れた客たちだったが、すぐにニュー華紋の…キャバレー調クラブの魅力に魅了された。

やや光を落とした安らげる程度の明るさの店内はホステスたちの美しさを一層、引き立てていた。キャバレー譲りのミニスカートの衣装、ハツラツとした若い女性から落ち着いた女性まで自分の好みが必ず見つかるホステスたち、騒がし過ぎず静か過ぎない落ち着きのある店内…それらのメリットはこれまでにも別々には存在していたが、そのすべてが絶妙なバランスでブレンドされたサービスは、半信半疑で入って来た客たちの心を確信へと変えた。

「この店はおもしろい！」

しかしキャバレー調クラブ最大の醍醐味は、この後に待っていた…。

キャバレー調クラブに着手するまでの数年間、さまざまな店を見てまわる中で宏はいくつかのキャバレーで行なっていたショー・タイムに強い興味をひかれた。

その華やかなステージは、それぞれが独立した存在だった客席に一体感を与えた。皆がステージに夢中になり声援を投げかけた。中には同じホステスを指名する赤の他人同士が肩を組んで声をかけるなんて場面もあった。そんなシーンを見て宏は…。

（ショー・タイムひとつで単なる飲み屋がレジャー施設になっている。新しいスタイルの店を立ち上げる時にはショー・タイムを導入しよう！）そう心に決めていた。

ニュー華紋の店内照明が落とされると8人のホステスがステージに現れた。そしてビッグバンドの曲が流れ出すと、スポットライトに照らし出されたステージ上ではホステスたちが満面の笑みで踊った…ショー・タイムの始まりだった。

プロ並みといえるものではなかったが、むしろ、その素人っぽさが彼女たちの魅力をさらに増幅させた。

「おぉーっ!」

客たちはそのショーに熱狂した。彼女たちのまとう爽やかなお色気は極上の酒の肴《さかな》となった。あちこちの席から歓声が上がった。宏の読みどおり店には一体感が生まれていた。

ニュー華紋の噂は瞬く間に広まっていき、連日、盛況を収めた。キャバレー調クラブという発想は見事に受け入れられたのだ。

アイデア

この成功に確かな手応えを感じた宏は、10月に池袋西口に『西口ニュー華紋』をオープンさせ、翌83年3月には『自由ヶ丘ハワイ』をオープンさせた。

しかし宏はこのキャバレー調クラブの成功に満足することはなく、その眼はさらに先を見ていた。

「キャバレーとクラブの融合…その考えは間違いではなかった。それをもっと完成度の高いものにしよう！」

そう考えた宏の胸中にあったのは、サービスとしてのキャバレー調クラブを確立させるということ。つまり「接客」の部分のブラッシュ・アップだった。

宏の中でショー・タイムや明朗会計などハードの部分については完成している感があったが、〝これぞキャバレー調クラブ〟というソフトの部分に関しては、まだブラッシュ・アップの余地が残っていると感じていたのだ。

——では、どうやって？

そこが問題だった。しかし、そこで宏は周囲を驚かせる奇妙な行動に出る。それは幹部会議の時だった…。

「今度、新宿に新店を出すことにしました。〝これぞキャバレー調クラブ〟という店にしたいと考えています。しかし、どんな店にしたら良いのか…正直、まだ決まっていません。そこで皆さんから意見や希望をもらいたいんです」

そこまでは別段、珍しいものではなかった。

「場所は池袋でも自由ヶ丘でもなく、新宿なんですね？」

「そうです！　今やアジア一の歓楽街といわれている街…歌舞伎町に出そうと思って

います」

しかし、その後さらに続けられた言葉に一同は驚かざるを得なかった。

「実はコマ劇場の裏手を入った所の第2メトロビル…そこの地下1階に出店するための物件をすでに借りてあります」

「えっ!?」驚愕《きょうがく》と同時に、当たり前の疑問が幹部の口をついた。

「借りてあるって…オープンはいつの予定なんですか?」

「まだ未定です。とりあえず、1年後に開けたらいいかな…。でも、物件の鍵は開けておくので、幹部に限らず、ホステスやボーイにも自由に出入りしてもらって、店のイメージを膨らませてください」

「…」一同は言葉を失った。

今でこそ、コマ劇場の裏手は人の流れが確立しているが、当時は第2メトロビルのある辺りは歌舞伎町の裏手という奥まったイメージがあり、人通りの少ない場所だった。

とはいえ、その賃料は決して安いはずもなく、宏はそれを遊ばせておくというのだ。もったいない…それが幹部たちの正直な感想だった。

それからレジャラースで働く社員たちは、その新たな店が開かれる場所に暇な時間を見つけては、何の用はなしに足を運んだ。足を運ぶまではもったいないという思いが強かったが、実際に足を運ぶと、各自、店のイメージを膨らませた。

「入口からこう入って来て、中央のこの辺にステージがあったら良くないかなぁ？」

「ここに受付用のカウンターがあったら便利だよな」

「壁沿いにソファをうまく並べれば、客席を多く確保できるよな」

その何もない空間には、しかし創造の自由があった。ホステスはホステスの、ボーイはボーイの、幹部は幹部の目線で、そのキャンバスに思い思いの青写真を描いた。

いつしか、幹部のみならず、すべてのスタッフがこの新しい店を自分たちが考え、創るんだという思いになっていた。そのモチベーションの向上は幹部会にさまざまな意見として上がってきた。

誰もがムダだと思った店舗の先行借り上げだったが、ムダになどなっていなかったのだ。

むしろ、目には見えない形で200人以上の社員の意識を統一した。そう、宏が数百万という金額をかけようとも、すぐに開店準備に着工しなかったのは、アイデアをまとめるということ以上に、社員全員の気持ちを熟成させるためだったのだ。損得よりもロマン…宏らしい考えだった。

そしてこの頃、スタッフたちの間でキャバレー調クラブは短縮され、『キャバクラ』と呼ばれるようになっていた。

一方、この間、宏もつねにブラッシュ・アップされたキャバクラをイメージし続けていた。

「ナイトビジネスにはさまざまなサービスがある。濃厚で即物的なサービスがほしければ風俗があるし、純粋に酒が飲みたければＢＡＲもある。水の世界は、その中間だ。女と酒の中間だ。その中でキャバクラをこれまでとは異なるスタイルの店にするためには、その意味や意図を俺なりに創り上げる必要がある」

そんなある日の昼下がり、街を歩いていた宏は昼食にハンバーガーショップに入った。そこではアルバイトの女子高生か女子大生が店員としてカウンターの中で注文を受けていた。何の珍しさもない光景だったが、宏はふと思った…。

（この子たちは、時間や努力をかけてプロとしての教育を受けたわけじゃないんだよな。簡単な仕事のルールとマナーを教わっただけなんだよな…）

そう思いながら宏は目の前の店員に視線を移した。彼女はトレイの上に厨房からあがってきたハンバーガーやドリンクを乗せると、満面の笑みで「お待たせしました！」と宏に微笑みかけた。

（でも成立している。プロじゃなくても、彼女たちの素人っぽさや若さが逆に魅力的にすら見える…）その笑顔を見て思った。

食事を終え、事務所へ戻った宏だったが、さっきのハンバーガーショップのことが頭から離れなかった。何か見落としていることがあるような…そんな歯痒《はがゆ》さを感じていた。そして、その歯痒さの原因に…当たり前過ぎるあることに気付いた。

それは彼女たちがハンバーガーを作っているのではなく「接客」をしているのだということだ。

（このハンバーガーショップのノウハウ…キャバクラにも活かせるんじゃないか!?）

そう思った瞬間、宏の脳裏では、これまでの苦悩が嘘のように新しい店のイメージがみるみるうちにできあがっていった。

ホステスは年の頃18～22歳くらい、女子大生を中心とした若い素人の女の子。教育は水割りの作り方を教える程度の簡単なものでマニュアルは作らない。画一的な接客ではなく、最低限のマナーの上にその女の子が持つ個人の魅力を乗せて商品にする。それはまさに、これまでのスタンダードであった〝プロ〟とは真逆の発想だった。そして、その発想に導いたのは遊ぶ側の立場に立った者の見方だった。

「風俗という即物的なサービスがある中で女性のいる飲み屋に来るというのは、肉体的ではなく心の満足感がほしいからだろう。簡単にいえば、ときめきたい、恋愛したい。そんな期待が心の奥…底辺にあるはずだ」

だからこそ、隙のなさそうなプロではなく頑張れば落ちそうな〝素人〟に宏は活路を見いだした。そして宏は〝素人の魅力＝擬似恋愛〟と捉えた…その思考の柔軟さが発揮された瞬間だった。

プレジデントデスクに向かいながら、宏は思うがまま、メモ用紙にイメージを書き出していった。「18～22歳」「ありのままの魅力」など、単語の羅列だったが、ペンを走らせる宏からは湯気が立ち上らんばかりの勢いだった。アイデアが源泉から止めどなく湧き出すかのごとく、宏は2時間ほど、ペンを走らせ続けた…。

「できた…！」そう呟《つぶや》いてペンを置いた時、宏の中で店はすでに開店を迎え、大勢の客で埋め尽くされていた。

そのメモ用紙の中央には、『店名・エキサイティング・キャバクラ　CATS』という文字が記されていた。

ミス・キャッツ・コンテスト

それから何度かの打ち合わせの後、正式に『キャッツ』と名付けられたキャバクラの指針となるべき店は、しだいにその全容が固まっていった。

まず働く女性を18～22歳とし、その平均年齢をそれまでの20代半ばから20歳前後に引き下げた。宏はその女性たちを〝コンパニオン〟と名付けた。それは、それまでの接客のプロとして磨き上げられた〝ホステス〟に対して、まだ原石のままという意味を強調するためだった。

コンパニオンを若い女性に絞るということは、客の流れがキャバレーの時と変わるというリスクもあった。しかし、宏には「イケる！」という確信にも近い自信があった。それは理屈云々《うんぬん》ではなく、夜の世界でさまざまな客を見て来た者の感覚として肌で感じたものだった。

「時代が変わってきている…客の求めるサービス自体が変わってきている…」ニュー華紋の成功を経験し、宏のその感触はより確実なものに変わった。

そして、その宏の感触が正しかったことを証明するように、時代は83年にテレビ番組「オールナイトフジ」が始まり、85年からの「夕やけニャンニャン」を控え、空前の女子大生・女子高生ブームがまさに始まろうとしていた。

コンパニオンの衣装はミニスカートに背中の大きく開いたドレス。下品にならないようにしつつも、その若い魅力――健康的なお色気を表現できる衣装としての考えだった。

ボーイの衣装は課長以上の幹部はタキシード、それ以外はベストとした。店には責任者としてレジャラース本社の次長を置き、その下に店長、副店長、課長、主任、副主任の順で設定し、副主任以下はすべて店長付とした。副主任以上はコンパニオンを管理する営業を任せ、店長付には業務を任せた。業務とはその名のとおり、店舗運営のための業務全般のことで、掃除から従業員のまかない作りまであった。

そして仕事面に関しても、能力に応じて段階的に設定した。洗い場を担当するカウンターから始まり、アイスやチャーム、ビールなどを用意するストッカー、その後、ホールに立つことを許されるとウエーターとなり、客を通すメンバー通し、マイクでコンパニオンの付け回しをコールするリストを経て、付け回しを担当するホール管理となる。

ニュー華紋同様、店の雰囲気はクラブを基とした高級感があり、かつ、肩肘が張らない雰囲気。楽しく遊んでもらうために料金は明朗会計の時間制を採用した。

もちろん最大の目玉として定期的にショー・タイムも用意した。『エキサイティング・ショータイム』と名付けたショー・メンバーによるダンス・ショーや、コンパニオンが歌う歌謡ショーなど、ニュー華紋で反響を呼んだショー・タイムも、もちろん採用された。

そしてキャッツの全体像が固まると、熟成させていた店舗にもついに内装工事が開始された…。

キャッツの詳細が決まり、内装工事が着工すると、宏は会議の席で経営者としてキャッツを成功に導くための〝仕掛け〟を発表した。それは若く素人の女性を起用すると決めた時から考えていた企画だった。

「どんなに美味しい料理でも、食べてもらえないことには流行《はや》ることはない。キャッツも同じだと思います。どんなに良い店・楽しい店でも、お客様に知って頂かなくては意味がない。だから――」

宏はそう言うと、続けて用意してきたアイデアを発表した。

「キャッツのオープンに合わせて、それを告知するためのイベントを開催します！」

「イベント…？」

幹部たちはショー・タイムのような店内で行なう客に向けたものを想像した。しかし、次の瞬間、宏の口から飛び出した内容はそんな彼らの度肝を抜いた。

「オープニング・セレモニーとして全国から素人・玄人を問わず、〝これぞキャッツのコンパニオン！〟という女性を募集し、選出します！　名付けてミス・キャッツ・コンテスト！」

「っ――！」一同が言葉を失う中、宏は言葉を続けた。

「応募受付のため、事前に新聞・雑誌だけでなくテレビも巻き込んで大々的に告知します。そのための話題作りとして、ミス・キャッツに選ばれた女性にはハワイ旅行をプレゼント！　もちろん、その後にはキャッツのコンパニオンとして働いてもらいます」

熱く語る宏とは対照的に、幹部たちは言葉を失ったままだった。しかし徐々に宏のアイデアが染み込んでいくように、彼らはゆっくりと口を開いた。

「す、凄い…。告知と宣伝と求人を一度にまかなえる」

「キャッツのオープンを告知できるだけでなく、選ばれたコンパニオンを通して店のイメージ付けもできる」

「こんなイベントを企画した時点でよその飲み屋との差別化も図れるぞ」

一同は推測できるそのイベントの効果を口々に言い始めた。そしてその手応えを感じ始めると興奮した様子で、「イケますよ、コレ！」「絶対やりましょう！」といった声があがっていった。

ミス・キャッツ・コンテストは、そのイベント性を盛り上げるため、審査員に城山新伍をはじめとする芸能人を起用することで賞品のハワイ旅行とも相まって、マスコミで大々的に取り上げられた。レジャラース本社内に設けられた運営事務局には、数百通にもおよぶ参加希望の申し込みが届いた。ホステスもいれば、女子大生、主婦など、その応募者はさまざまだった。中には業界でも有名なホステスからの申し込みなどもあり、スタッフたちを驚かせた。

そして、その数百通にもおよぶ申し込みの中から、写真選考で選ばれた10人がオープン当日、オープニング・セレモニーとして行なわれる本戦への出場権を獲得した。

キャッツ

1984年5月25日、『エキサイティング・キャバクラ　キャッツ』はオープンした。開店当日、オープニング・セレモニーとして行なわれたミス・キャッツ・コンテストには、予選の段階からマスコミが入っていたこともあり、テレビ・新聞・雑誌などさまざまなメディアが取材に訪れた。

多くの人が見守る中、キャッツのイメージキャラクターともいうべきグランプリには、25歳の早乙女蘭というふんわりと優しいイメージの女性が選ばれた。

そしてオープニング・セレモニーが大盛況のうちに終わり、いよいよキャッツはその口開けを迎えた。スタッフたちの期待と不安を横目に、開店と同時に店内は満席という大盛況を見せた。

それもそのはずで、そこには宏が仕掛けたミス・キャッツ・コンテストと並ぶ、〃もうひとつの打ち上げ花火〃があったのだ。

「リナちゃん、来たよ！」

「カナちゃん、開店おめでとう！」

開店と同時に訪れた客たちは、目当てのコンパニオンを自分の席に呼んだ。開店初日にもかかわらず、彼らにはすでに指名するコンパニオンがいる。それこそ、宏が仕掛けたもうひとつの花火だった。

それはレジャラースが有する全店のナンバー・ワンをキャッツに集結させたのだ！当然、各店のナンバー・ワンは自らのプライドを懸《か》けて客を呼んだ。また、ナンバー・ワンが一堂に会するという噂は、飲み屋遊びをする者たちの間で開店以前から口コミで広まり、「噂のキャッツに行ってみよう」と足を向かせたのだ。

もちろん、キャバクラという新ジャンルはコンテストの告知と合わせて広く告知されていたので、その目新しさから足を運ぶ者も多かった。ハワイアン時代、宏が経営企画室で経験した広報・宣伝のノウハウが、その助けとなっていた。

しかし、ここまでは宏たち経営側の努力。果たしてこれまでのプロとは対極にあるコンパニオンたちの原石の持つ魅力が客に支持されるのか…宏は自らボーイとしてホールに立ちながら固唾《かたず》を飲んでいた。

「へぇ…エリナちゃん、大学生なんだ！」

その席では40歳前後のスーツ姿の男性客に、18歳のコンパニオン・エリナが着いていた。

「ハイ！　まだ4月に青森から出てきたばっかりなんです！」

そう言うエリナの言葉は、まだ津軽弁のイントネーションが色濃く残っていた。

「そっか…まだ上京したてなんだな。でも、この仕事はどうして始めたんだい!?　仕送りとかあるだろ？」

「うん…。でも仕送りは家賃と食費でなくなっちゃうから…。せっかく東京に出て来たんだもん、友達と遊んだり、お買い物とかだってしたいじゃないですか！」

「なるほどな…確かにそうだな。俺も大学生ん時は遊ぶ金ほしさに家庭教師やってたなぁ…」

「えっ、そうなんですか⁉　やっぱ、そうですよねぇ！」

言葉遣いも、そのイントネーションもプロと呼ぶには、とうてい足りないものだった。しかし、その足りなさは決して不快感を与えるものではなく、むしろこの男性客の顔には愛想笑いではない陰りのない笑顔が浮かんでいた。

「なんかエリナちゃんと話していると俺も大学生の頃を思い出すよ。俺にもこんな上京したての初々しい時代があったんだよな」

――この男性客がその後、帰路についたのは2時間後だった。

開店当日の客入りは用意した企画からある程度は想定することはできたが、もっといたいと思わせることができるか？　それがオープン初日最大の課題だった。しかし、各席ともワンセットで帰ることはなかった。コンパニオンたちの初々しい魅力に引き込まれていたのだ。

（ヨシッ！）その様子を見ていた宏は心の中で力強くそう叫んだ。

キャッツの盛況ぶりは凄まじく、宏の予想をはるかに上回った。連日満席は当たり前の上、入りきらない客は長蛇の列を作った。その列は第2メトロビル地下1階の店の前から始まり、階段にも並び、しまいにはビルの前にまで伸びた。そんな毎日が1年以上も続いたのだ。その盛況ぶりは、「店に入るのに1時間待ちは当たり前！」「キャッツができて以来、メトロビルの辺りまで人が流れるようになった！」そう言われるほどだった。宏は時代の力を――その潮流に乗った時の爆発的なムーブメントの力を実感せずにはいられなかった。

そして同年11月、その追い風吹く中、宏は進めていたもうひとつの事業――レストラン事業部を立ち上げ、池袋東口に日本料理・しゃぶしゃぶハウス『禅』をオープンさせた。それは社会人をホテルマンとしてスタートさせた宏の夢だった。そしてピザ・ショップ『グッド・ホリデー』で成し得なかった夢でもある。

しかし単なる夢のためだけにオープンさせたわけもなく、その店は通常の飲食店としてだけでなく、同伴の場所としても大いに役立った。宏の視点はキャバクラという枠に収まらず、そこから派生・連携できるビジネスにも広まっていたのだ。

例えば、レジャラースにはTVBジャパンという関連会社がある。これはいわゆるレジャラースの不動産事業部である。キャバクラの一般企業化を目指す宏は、社員の福利厚生の充実を目指す中で、男女ともに社員寮を用意した。特に女子寮は百人町、大山、奥沢に自社でマンションを構えていたのだ。もちろん、82年にレジャラース本社が移ったビルも自社所有である。

こうして宏は夜の一経営者からさまざまな事業を手がける実業家として、その才能を開花させていった。

もちろん、レジャラースの主軸であるキャバクラについても手を抜くことはなく、85年1月には、西口ニュー華紋を『ザ・サンバ』に。5月には自由ヶ丘ハワイを『ザ・チャイナ』に。そして10月には池袋ニュー華紋を高級キャバクラ『シャー』へと時代の潮流に合わせてリニューアルしていった。

そして、その頃になると爆発的なキャッツの人気から、それを模倣したキャバクラ・タイプの店が次々に誕生していった。キャッツ誕生から1年ほどの間に全国に200店以上、「キャバクラ」と銘打った店が誕生したといわれているほどである。

そして、その追い風は宏にある吉報を運んできた。

新語・流行語大賞

それは1本の電話が始まりだった。

「社長、1番にお電話です」

秘書からの言葉を受け、社長室の宏は受話器を持ち上げた。

「はい、新冨ですが…」

すると受話器からは若い男性の声が聞こえてきた。

「私、新語・流行語大賞選考委員会の者ですが…。あの、お伺いしたいのですが、キャバクラを創られたのは御社で間違いありませんでしょうか?」

「…!?」流行語大賞…? 何だろう…? そう思いながらも宏は言葉を返した。

「ええ、そうですよ」

「そうですか…わかりました。ありがとうございます」

それだけ言うと、電話口の相手は通話を終了させた。

「何だったんだろう⁉」

宏は疑問に思ったが、当時、新語・流行語大賞は前年の84年に誕生したばかりで、宏自身、「そういえばそんなものもあったなぁ」程度でしか記憶していなかったこともあり、たいして気にもとめなかった。

しかし、それからしばらくした後、宏あてに再び選考委員会から電話が来た。

「御社のキャバクラが新語・流行語大賞にノミネートされました。表彰式がありますので、ご参加お願いします」

「…」受話器を置いた後、宏は感激することはなかったが、かわりに他人事のような感嘆の声をもらした。

「へぇ…。キャバクラが表彰かぁ…」

キャバクラを創ったのは、表彰されるためでも、流行を作るためでもなかったので、この時の宏は、あくまで頑張った結果ついてきた副産物程度にしか感じていなかった。もちろん悪い気もしなかった。

そして授賞式当日、表彰式を行なう会場にはキャッツのオープン時とは比べ物にならないほどの報道関係者が待ち構えていた。

「あらら…」

会場へと赴いた宏は驚きの声を上げたが、言葉とは裏腹にその様子は落ち着き払っていた。しかし、ともに連れて来たキャッツのコンパニオン5人は青ざめた顔で宏に言った。

「しゃ、社長…。私たち、本当にこんな場所に来ちゃって良かったんですか?」

彼女たちは表彰される宏とともにステージに上がることになっていたのだ。しかし、宏は変わらず落ち着いた様子で言った。

「もちろんだよ。でも、そんなに緊張しなくて大丈夫。いつものショー・タイムでステージに上がるのと変わらないよ」

「でもテレビですよ!? 皆に見られるんですよ!?」

「良いじゃないか。きっと、お客様も見てくれてるよ。だから、ここをお店のつもりでいれば良いよ」緊張する彼女たちを相手しているうちに表彰式は開始の時間を迎えた。

第2回となる新語・流行語大賞の表彰ステージ上、博報堂生活総合研究所社長や日本社会党委員長、ＮＴＴ社長などそうそうたる顔ぶれの中に表現賞を受賞した宏の姿もあった。

（こんな人たちと一緒に俺なんかが表彰されて良いのか⁉）

そう思う宏ではあったが、同時に、宏の考えるキャバクラの一般企業化のために一歩前進できたのではないか、と感じることができた。

この新語・流行語大賞の時から、キャバクラ時代が幕を開けた。キャバクラの軒数はさらに増加し、新風営法以来、勢いを失っていたネオン街はキャバクラの輝きに照らされ、再び、その明るさを取り戻したといっても過言ではなかった。

そして、その頂点に君臨する店としてキャッツは不動の地位を築いた。

十人十色　――コンパニオン・アミ――

ネオン街でキャッツはすっかり不沈艦といっても良いほどの安定を誇った。数多くの客が連日連夜押しかけた。

その一方、それらの客の対応をするコンパニオンもキャバクラで働き始めた背景や動機はさまざま。大学生の小遣い稼ぎから、若いながら子供を養うためという者まで、まさに十人十色だった。

しかし総じて、時間と自由になる金銭の割合が高いキャバクラの登場は、女性のライフスタイルの幅を大きく広げたといえるだろう。そういった中で、アミは特徴的だった。

アミは長髪を同じ長さに切り揃えた〝ワンレン〟の凛《りん》とした22歳の美人だった。彼女には子供も借金もなかったが、男性スタッフも驚くほど、休みも取らずに不眠不休で働いた。

美しい顔立ちとは裏腹にその根性は凄まじく、彼女は次々と指名を獲得していった。そして「指名キャンペーン」という半年に1度行なわれる、指名獲得上位者を表彰するイベントでは上位に輝くことはもちろん、優勝を飾ることも珍しくはなかった。

しかし、彼女が怒濤《どとう》の勢いで働くのは必ず半年間だけと決まっていた。なぜなら彼女は半年間、不眠不休で働くと、その間に貯めたお金を元手に海外へ――バリ島へと旅立ち、そこで半年間を過ごしていたのだ。

いくら日本より物価の安い国とはいえ、半年間、遊んで暮らすにはかなりの額が必要だったが、キャッツでの半年間、遊ばず、浪費せず、死に物狂いで働くことでアミは、そのために必要な蓄えを手にすることができたのだ。

そしてバリ島で半年間を過ごすと、アミは再び日本に帰国し、また半年間、キャッツで死に物狂いで働いた。

彼女を指名する客たちも皆、そんな彼女のライフスタイルを認め、理解していた。アミがキャッツから離れている間、指名客たちは他のコンパニオンを指名して半年間を待つが、彼女が帰国すると何の不満もなくアミを指名し、彼女の土産話を肴に酒を飲んだ。

他のコンパニオンたちもそれを理解していたので、彼女に対して不満を持つことはなかった。むしろアミがいない間、彼女の客のおかげで売り上げを増やせたと、感謝していた。この柔軟な関係が、当時のコンパニオン同士の関係の良さを表していた。

十人十色　――コンパニオン・カナ――

当時、18歳だったコンパニオンのカナは流行していたイギリスのロック・バンド・

グループのファンで、そのチケットを入手するために仙台から上京した際にキャバクラの存在を知った。そしていったん、仙台に戻った後、キャッツで働くため、再び上京した。ロック・バンド・グループの追っかけをするという夢のため…そしてそのための貯金をするために…。

その可愛らしい顔立ちをした18歳の少女は、その容姿とは対照的に、オートバイの荷台にボストンバッグひとつを乗せて仙台からやって来た。

そんなバイタリティーを持つカナだったが、極度の人見知りで、客席ではまるで〝石像〟にでもなったかのように固まることが多々あった。そして、そのたびに客と担当のボーイから苦言を浴びせられた。

なかなか指名が獲得できず、営業終了後のミーティングで涙を流すことは数知れなかったが、それでも彼女がめげることは決してなかった。

ある日、カナを指名するひとりの客が店を訪れた。ボーイはもとよりカナ本人も知らない新規の客だった。ボーイは確認をするが、指名はカナで間違いないという。

「あの…このお店初めてですよね…どうして私を指名してくれたんですか？」

指名をもらえることはありがたいのだが、どうしてもその理由が知りたくて、カナは思わずストレートに質問した。

「なぜかって!?　だって…」

そう言いながら客はポケットから、〝ある物〟を取り出した。

「あっ…!」

カナもそれには見覚えがあった。それもそのはずで、それはカナ本人が仕事で使っている名刺だった。

「これが俺の車のワイパーに挟んであったからさ。ずいぶん一生懸命な娘《こ》がいるんだなと思ってな!　それに、今話題のキャッツに行ってみたいとも思ってたからさ!」

そうなのだ…指名がなかなか取れないカナは、歌舞伎町中を片っ端から歩いてまわり、路上に駐車してある自動車1台1台のワイパーとフロントガラスの間に、自分の名刺を挟んでまわったのだ。

彼女の取った方法はコンパニオンとしてまだ洗練されてない…上京したての田舎的な発想だったのかもしれない。しかし、この18歳の少女のひた向きさを愛おしく思う者は客にもボーイにも少なくはなかった。

新冨流経営術

――1988年。キャッツのオープンから4年が経った。

その人気は相変わらず留まるところを知らず、客たちにとって1時間待ちは当たり前だったが、不満の声があがることはなく、待っている間、読書をする者や用意周到にカップラーメンを持参し、その麺をすする者など、すでに待つことが常識と化していた。

その追い風を背景にスタッフたちの気力も充実し、不眠不休で働いた。それは比喩表現ではなく、当時のスタッフたちは正月の2日間しか休みを取らなかったのだ。もちろんコンパニオンたちは出勤ペースを相談して決めることができたが、その追い風の雰囲気から休みを取りたがる者も少なかった。

この間、宏はキャッツにだけ目をかけていたわけでは当然なかった。むしろ宏は特定の店舗を目にかけるということはしなかった。なぜなら、宏は店舗経営はそれぞれの責任者に一任し、自身は口を挟むことはしなかったからだ。もちろん、相談があれば、我がこととしてその問題の解決に尽力したが、本人はあくまで黒子役に徹した。

それは若かりし頃、精神的に未熟な自分が社長を経験した際に社長風を吹かせすぎたため、スタッフたちのモチベーションを下げ、結果的に自身の首も絞めるハメになったという経験からだった。

「皆さんを各店の責任者に選んだのは私自身です。ですから皆さんは店を良くするために…皆さんと一緒に働く人たちの生活が豊かになるように、自分で思うように店を取り仕切ってください」

レジャラースが始動した時、宏は各店舗の責任者を任せる幹部たちの前でそう言った。

実際、宏が指揮する本社からは広告費や1周年などのイベント予算を各店舗に預けるだけで、その内容や使い道については今でも口を挟んでいない。それだけ、宏はスタッフたちを信頼しているのだ。

しかし、それは押しつけがましい信頼ではない。

「従業員が経営者の思いどおりになる、思いどおりにしようなんて考えるのは経営者の自惚《うぬぼ》れだ」宏は4度の社長経験から身をもってそう実感していた。

人は集まることで大きな力を発揮することができる。そのためには全員が同じ方向を向いていなくてはならない。だから従業員の意識が同じ方向を向いて仕事に臨めるように給与面だったり、環境面だったりを整えるのが経営者の仕事なのだと…。

しかし人は上に立つと、その先を求めがちになってしまう。つまり考え方や仕事への価値観まで自分と同じであることを求めてしまうのだ。

かつて自分自身がそうであった経験と、その反省から宏は悟った…心を一心同体にすることは、たとえ肉親、親兄弟であっても不可能なことなのだと。

任せるべきところは任せる。それが新富流経営術の最大の特徴だ。口で言うのは簡単なことだが最後の責任を負う立場として、それを実行に移すのは容易ではない。

新語・流行語大賞の翌年の86年。宏はナイト・カルチャー・クリエイト（NCC）を発足した。それはレジャラースを当時、全国に40万軒あるといわれる水商売産業のトップ集団に押し上げるための構想――宏の夢である「ナイトビジネスの一般企業化」に向けた一手だった。

コンパニオンはスチュワーデスかセクレタリーのように、ボーイはホテルマンのように品良く礼節あるサービスの提供を目的としていた。自社のレベルを根っ子から引き上げようと考えたのだ。

「現在、次々に誕生しているキャバクラはキャッツを見本としている。ならば、キャッツの質を高めることで業界全体の質を、そしてイメージを高めることができるのではないか!?」

自社の保身ではなく、夜の世界に生きる者として業界全体の発展を考えてのことだった。これは現在においても完結したとは言い難い。しかし現在、女子大生や専門学校生などの多くがコンビニエンス・ストアでアルバイトをするような感覚で抵抗感なくキャバクラでアルバイトをするようになった一端は、この宏の情熱の賜物《たまもの》といって良いだろう。

蘭《ランマル》○

「夜の世界は1000日周期——長くても3年で流行が移り変わる流れの速い世界」

そう言われている。

〝キャバクラの生みの親〟——世間からそう言われるようになった宏は、しかし、そこで安穏とすることなどできるはずもなく、〝キャバクラの次〟を模索していた。

そんなある日、宏は自らの店を客観的に理解するため、身分を名乗らずにひとりの客としてキャッツへと出かけ、何も知らないフリをして席に着いたコンパニオンと話した。

「このお店、流行《はや》ってるね」

「そうですね…。世間からは、ここが最初のキャバクラって言われてますから！ …とはいっても私、オーナーの顔、知らないんですけどね」

責任者に一任している都合上、店に顔を出すことの極めて少ない宏のことをこのコンパニオンは知らなかった。

「そうなんだ。でも最近じゃ、他にもキャバクラってできたよね。なのに何で、このお店はこんなにお客さんが入ってるんだろ…？」

「やっぱり、教育がちゃんとしてるからじゃないですか」

「教育…!?」

「ええ。キャバクラって若い女の子がウリなんですけど、お客様を不快にさせないための最低限のマナーだけはスタッフがちゃんと教えてくれてるんです。それに良くお客様から『この店はボーイがちゃんとしてるね！』とも言われますし…」

「なるほど…礼儀と若さね…」

「うん…やっぱりお客さんも若い子がいいでしょ⁉」

「えっ⁉」

「私、もう25歳なんです…さすがに18歳の子たちと一緒だとオバサンに見えませんか？」

「大丈夫だよ！　まだまだ若いよ！」

「そうですかぁ⁉　お世辞でも、ありがとうございます！」

と、そこで、ちょうど会話がひと区切りするのを見計らって、ボーイがこのコンパニオンに声をかけた。指名客が来たんだな…宏はそう思った。

「ありがとうございました！」

そう言うと去っていく彼女を宏は何となしにボーッと見送った。彼女は宏と同じ40歳前後の客の座る席に着いた。

（25歳も18歳と比べたらオバサンか…）

コンパニオンとの会話から客観的に店を見ても、別段、新しい発見はなかったが、その言葉だけがなぜか頭に残った。

(そろそろ帰ろうかな…)そう思い、伸びをした時、宏の視界に何か漠然とした違和感が映った。

「ん…!?」そう思い、ゆっくりと辺りを見渡すが、別におかしなところは何もない。

しかし、帰ろうと立ち上がった時、宏はその違和感の原因に気付いた。

それは訪れる客層が20代から40代まで幅広くいるということだった。キャッツをオープンしてしばらくした頃、主力の客層は20代の若い層だった。しかし今、この店では若い人間に交じって中高年の人間も3割程度いる。しかも、よく見ると彼らの席に着いているホステスは皆、20代半ばから後半のコンパニオンとしては賞味期限がギリギリの者たちばかりだった。

(何でだ…!?)その疑問を解くために宏は店の裏方に行き、店の責任者である大野と話をした。

「そうですね。以前、『18歳や20歳くらいだと自分みたいなオジさんには若すぎる。かといって、クラブのいかにもプロっぽいのは疲れるし、サラリーマンが行くには金がかかる。そこへいくと、この店なら高くないし、25歳くらいのちょうど良い子がいるから楽しいよ』とおっしゃるお客様がいらっしゃいましたが…」

その話を聞いた瞬間、宏の頭で何かが弾け、大野の両肩をつかみながら叫んでいた。

「それだっ…！」

それから宏は、〝キャバクラの次の一手〟となるべき店の開店に着手した。それはまさに〝キャバクラの次〟であり、客もコンパニオンもキャバクラを卒業した者が進む店だった。

宏は、キャバクラにかわるその店のジャンルを〝ラビエス（LBHS）〟クラブと名付けた。ラビエスとは〝ラブ〟〝ビューティー〟〝ヘルシー〟〝セクシー〟の頭文字から取った言葉で、その名のとおり、可愛らしい女性・美しい女性・健康的な女性・妖艶な女性――それらの多様な女性を取り揃える店を意味していた。

もし当時のキャッツを同じように形容詞でたとえるとしたら、ズバリ〝Y〟――〝若さ〟のひと言だろう。つまり、この〝ラビエス〟という言葉の裏側には、女性として〝洗練された〟という意味が含まれており、キャッツで数年働いた20代半ば以降のコンパニオンたちの受け皿としての店という意味も込められていた。

「受け皿」というと、学生の受験でいうところの〝滑り止め〟のようなイメージで取られがちだが、この場合はまったく違う。このラビエスクラブで働くのは、素人をウリとするキャバクラでコンパニオンとしての経験を積んだ女性。素人としては、その賞味期限を迎えたが、接客のプロであるホステスとしては、むしろこれからが完熟の頃合いである女性である。

宏はそれに気付き、キャバクラから始まる経営資産としての「人」の有効的な活用法を見いだしたのだ。

もちろん、その根底には20歳前後よりも少し落ち着いた25歳前後と遊びたいという「客」と、20歳前後と働くことに抵抗感を感じ始めていた「女性」の心理を鋭く読み出した宏ならではの一級の閃《ひらめ》きがあったことはいうまでもない。

こうして宏はキャバクラ立ち上げの時と同様に、テストケースとして87年5月、池袋の本店リオをラビエスクラブ『舞踏会』として新装オープンさせた。

また、当時、流行《はや》り始めだったカラオケにもいち早く着目していた宏はカラオケ設備を導入したヴォーカルクラブ『ネイチャー』と、飲食店セクションであるJFCC事業部による寿司倶楽部『游』を舞踏会と併設する形でオープンさせ、キャバクラとは異なる「大人がシットリと愉しむための店」としての性格付けを強調した。

経営者としての宏の手腕は的確だった。それは単に夜の店の経営者ではなく、まさしく実業家としてのそれだった。クラブ・カラオケ・飲食店――そのネオン街の醍醐味を一ヵ所で自己完結させるという発想は市場から受け入れられたのはもちろん、それぞれが補完し合い、〝毛利の三本矢〟のごとく安定した売り上げをあげたのだ。

この成功例をもとに、その1年と半年後の88年11月、歌舞伎町・区役所通りにラビエスクラブ『蘭〇《ランマル》』はオープンした。ここでもヴォーカルクラブ『ネイチャー』と、JFCC事業部から『風雲』を併設させた。JFCC事業部は新宿という街柄を考慮して、寿司店ではなく串焼き店である風雲をセレクトしたが、池袋の風雲の〝串焼き仲間料理〟ではなく、〝串焼き懐石料理店〟としてオープンさせた。

接客のプロとしてのホステスを起用した蘭〇は、いわば高級クラブの大衆化への挑戦だった。つまり、「座っていくら」の高級クラブを、その質を落とすことなく「1時間いくら」に区切ることで低価格化を図り、ひと握りの人間のためではない、大衆のための店とするという試みだった。それは大衆のためのキャバレーで育った宏にとってては当たり前の発想であり、キャバクラを創った時とその気持ちは同じだった。そして、その気持ちは見事、大衆に受け入れられた。

蘭○は開店から大盛況を極めた。キャッツ同様、1時間、2時間待ちは当たり前で、併設されたネイチャーも評判はすこぶる好評だった。風雲はホステスたちの同伴だけでなく、同伴で訪れた客たちが仕事やプライベートでも使い、順調な滑り出しとなった。もちろん、キャバクラのセクションであるNCC事業部とは独立したセクションであるJFCC事業部が担当しているので、その料理は手抜きされておらず、キャバクラとは関係ない一般客からも支持された。

88年の時点でレジャラースは、NCC事業部が新宿に『キャッツ』と『蘭○』、そしてヴォーカルクラブ『ネイチャー』の3店舗。池袋に『ザ・サンバ』と、ラビエスクラブに転換した『シャー』『舞踏会』、ヴォーカルクラブ『ネイチャー』の4店舗。自由ヶ丘には『ザ・チャイナ』の1店舗の合計8店舗を有していた。

JFCC事業部は、新宿に串焼き懐石料理『風雲』。池袋にしゃぶしゃぶハウス『禅』と串焼き仲間料理『風雲』の合計3店舗を有し、不動産管理部門も入れると、そこで働く人数は500人を軽く超え、その売り上げは実に50億円に達しようとしていた。

そして元号が平成に変わった89年、キャッツは快挙ともいうべき、1日売り上げ・

550万円という新記録を樹立した。

レジャラースは、そのすべてが追い風に乗る帆船のごとく順風満帆に進んでいた。

しかし波風のない航海などあるはずもなく、その帆船の進む先には嵐が待ち構えていた…。

惨劇

――1990年1月8日未明。

〝ジリリリーン〟　練馬区にある自宅で床に就いてた宏は、そのけたたましく鳴る電話のベルの音に叩き起こされた。

(誰だ…こんな朝っぱらから…)

まだハッキリとしない頭で寝ぼけ眼《まなこ》のまま電話の前まで行くと、宏は受話器を持ち上げた。

「はい、新冨で…」

すると電話口の相手は気でも動転しているのか、宏の言葉が終わるのを待たずに一方的に話し始めた。

「しゃ、社長っ！」

電話口の相手は名乗りもしなかったが、その声から誰なのか理解した。キャッツの責任者を任せている本社・課長の大野だった。大野はまくし立てるように言葉を続けた。

「か、火事…。キャッツが火事…大変…」

その言葉になっていない羅列された単語が事態の緊迫ぶりをうかがわせた。

「何っ！」

勢い余って受話器を叩きつけるように電話機の上に置くと、宏は上着だけ羽織り車に飛び乗った。そしてハンドルを握ると歌舞伎町へと車を走らせた。

それまで靄《もや》のかかっていた宏の頭はすでに視界が開けたようにハッキリとしていた。いや…それを通り越し、運転する宏の脳裏ではさまざまな思考が行き場所なく交錯していた。

(火事…何で…⁉)

(いや、それよりケガ人とかは大丈夫だったのか⁉)

（火事ってどの程度のもんなんだ…⁉）

（原因は何なんだ…⁉）

歌舞伎町に到着するまで、そのいっさいの答えは出ることがないとはわかりつつも、思いつく限りの疑問は頭の中でぐるぐると渦巻き、不安をどんどん膨張させていった。

歌舞伎町に着き、車を店の近くの路地に止めると宏は一目散に店へ向けて駆け出した。キーンと張りつめる厳しい1月の寒さの中、着の身着のままにもかかわらず宏は寒さを感じることはなかった。

「！」

角を曲がり、店がある通りにその足を踏み入れた時、その光景は宏の目に飛び込んできた。

メトロビルの前には数台の消防車が止まり、いまだに消火活動を続けている。それを取り囲むように野次馬たちが群がり、その向こうからはキャッツのある地下から吹き出しているであろう漆黒色の黒煙がモクモクと天へ向けて勢いよく噴き出していた。

「…」

その光景を見た瞬間、それまで何の問題もなく走って来た宏の二本の脚は、鉛でも引きずっているかのように重くなり、そこからの一歩を鈍くさせた。

店の前までたどり着くと、そこには見慣れたキャッツのスタッフたちの姿があった。

火事の凶報を聞いて駆けつけて来たらしく、その格好は宏同様、一様に着の身着のままの姿だった。

「しゃ、社長…」

その姿を確認すると、一同は宏の周りに集まってきた。

「皆…ケガはないか…!?」

そう言いながら改めて見るとひとり欠けていることに気付いた。

「樋口…樋口はどうしたんだ…!?」

そう言う宏の声は緊張から自然と上ずっていた。

「樋口は…今日、運悪く店泊《てんぱく》してまして…」

「!」大野の言葉が耳に届いた瞬間、鼓動がドクンと大きく鳴り、宏はその場に倒れこみそうな衝撃に駆られた。

「社長っ!」

しかし、その大野の言葉を遮り、背後から声をかけて来る者がいた…。振り返った宏の目に中肉中背の男の姿が飛び込んできた。

「樋口っ！」宏は思わず叫んだ。

樋口はその日、運悪く店に泊まり込んでいたところ、火事に遭い、命からがら逃げ出していた。そして宏が到着した時は警察で事情聴取を受けていたのだ。

消防活動終了後、一同は焼け焦げた店内へと入っていった。つい数時間前まで大勢の人たちで賑わっていたキャッツの店内にその面影は微塵もなかった。

ショー・メンバーが輝きながら舞っていた舞台も、客もコンパニオンも笑顔で埋め尽くされていたホールも、人知れず戦場と化していた洗い場も、そのすべてが限りなく黒に近い灰色で染まっていた。

出火場所とされたレジ前は特に損傷がひどく、置かれていた電話機は焼けただれ、その原形を留めていなかった。

「…」宏を含め、誰ひとりとして口を開く者はいなかった…。

キャッツは休業を余儀なくされた。

その後、火事の原因は漏電ということがわかり、宏は周辺店舗やビルのオーナーへの謝罪や補償に駆け回った。不幸中の幸いとしては、ケガ人はなく、近隣店舗への損害も思いのほか少なくすんだことだろう。

宏はできる限り早い復旧を業者に手配したが、それでも2月1日のリニューアル・オープンが最短だった。1ヵ月弱の休業は金銭的な問題以上に、男女ともにスタッフたちのモチベーションの低下につながるのではないかと宏は心配した。

そこで宏は迷うことなく休業中のスタッフの平均給料を保証することにした。そのかわり、責任者の大野にはスタッフのモチベーションの低下を防ぐよう指示した。キャッツで働く50人近いスタッフの約3週間分の給料といえば軽く数百万を超したが、スタッフのモチベーションが低下することに比べれば安いものだと考えていた。

モチベーションの低下はスタッフたちの店離れにつながる。内装工事が完了し、リニューアル・オープンした時、そこに充分なコンパニオンと万全なボーイがいなくては、今度は客離れが起こる。

経営者としてそれを懸念する部分もあったが、しかし、それ以上にそれまでヒシヒシ感じていたスタッフたちの情熱が失われることのほうが宏には怖かった。とはいえ、店は大野に一任しているので、宏は歯痒く感じながらもあえて具体的な方法は提示せず、その内容も大野に一任した。

大野は更衣室として使っていたメトロビルの2階の一室から、置かれていたロッカーを運び出すと、そこでコンパニオンを対象に毎日2時間の勉強会を開いた。別段、何もせずに平均的な給料を払っても問題はなかったのだが、そこで勉強会をすることで大野はあえてコンパニオンたちをふるいにかけたのだ。

勉強会といっても堅苦しいものではなく、雑談会のようなものだったが、休業中の間も自分を律して、「勉強会」という気が進まないものにも遅れずに来させることが目的だった。給料を保証している以上、その勉強会も仕事であり、得てしてそういう時にも自分をコントロールできる者ほど、仕事もできるものだった。むしろ、ここで客が来るわけでもないし…と甘える者は先が見えていた。

大野が勉強会という名のふるいをかけている間、店で課長職以上の営業幹部たちは新たなコンパニオンの確保に東奔西走した。キャバクラもラビエスクラブもつねに女性の確保はしていたが、今回はある程度コンパニオンが減ることが予想できた。そのため、大野は営業幹部にスカウト・ノルマを強いたのだ。路上スカウトや退店者の掘り起こしなど、彼らは考えられるあらゆる手を講じてコンパニオンの確保に努めた。

しかし、彼らの根底にあったのは「ノルマだから」ではなく、万全な体制でリニューアル・オープンの日を迎えたいという情熱だった。宏が懸念した情熱の火が消えることはなかったのだ。

再出発

――1990年2月1日。

工事は無事間に合い、営業幹部たちは、ちゃんとスカウト・ノルマを達成し、出勤しているコンパニオンの数も何ら問題はなかった。一同はできる限り、万全の体制でリニューアルの日を迎えることができたのだ。しかしその日、歌舞伎町には深々《しんしん》と雪が降っていた。

当然のことだが、雪は客足を遠のかせる。

「社長…お客さん、来てくれますかね…」

この日ばかりは宏も開店前からキャッツで待機していた。

「大丈夫…皆の頑張り、そして努力は必ず報われるから…」

気休めではなく、本心から宏はそう言っていた。努力は必ず報われる…「青くさい」「メルヘン」そう言われても、この43歳の男は本気でそう思っていた。そう思える心の柔軟性――言い換えれば、若い心を持っているのだ。

そして開店時間の午後6時を迎えた。一同が固唾《かたず》を飲んで見守る中――。

「リニューアル・オープンおめでとう！」

そう言いながら、祝い花片手に最初の客が訪れた。その時、時計の針は長針と短針がほぼ一直線を成していた。

それから、あれよあれよという間に店内は客で埋め尽くされ満席となった。そして7時を迎える頃には、すでにキャッツでは当たり前ともいうべき、階段での行列もできあがっていた。

「す、凄い…」その光景を見た宏は思わず、そう呟《つぶや》いた。

充分なコンパニオンたちの出勤数が営業幹部たちの情熱なら、その行列こそコンパニオンたちの情熱の賜物だった。

彼女たちは今日に備えてこの3週間、指名客へのケアを怠らなかったのだ。まだ携帯電話もない時代、彼女たちは単身者には自宅に連絡をし、妻帯者には会社に連絡をした。また時には食事にも誘い、他店へと客が流れるのを防ぐのと同時に今日の来店へと結びつけたのだ。

訪れた客たちは思い思いの方法で、キャッツの再出発を祝った。

「おう！　約束どおり来たぞ！」

「よし、今日はリニューアル記念だ！　シャンパン入れてくれ！」

「今日はボーイたち、飲めないのか!?」

キャバクラだから持つ〝友達感覚〟な雰囲気がそうさせるのかもしれない。しかし、この日、コンパニオンもボーイもスタッフは皆、客の温かさを感じずにはいられなかった。接客業の醍醐味を身をもって体感したのだった。

7周年

その後、キャッツは火事の影響をまったく感じさせることなく、客足はそれまでどおり滞《とどこお》ることはなかった。

その他の店も池袋西口の「ザ・サンバ」は時代の変化に合わせて、89年9月にラビエスクラブ『オルフェ物語』へと転換し、翌90年5月には自由ヶ丘の「ザ・チャイナ」はニュークラブ『Lクラブ』となった。同年7月に自由ヶ丘駅・南口にJ21という飲食店ビルがオープンすると、Lクラブをこのビルに移し、それと同時にヴォーカルクラブ『自由ヶ丘ネイチャー』、串焼き仲間料理『風雲』を併設させ、さらにカラオケを備えたミニクラブ『インデペンデントハウス自由ヶ丘』をオープンさせた。そして同年9月には、池袋西口にミニクラブ・タイプの友達倶楽部『フリーダム』をオープンさせた。

現状に甘えず、キャバクラやラビエスクラブに固執することなく、つねに時代の流れを的確に読み、それを実行に移せる。それが柔軟な心と並ぶ宏の武器だった。

そしてさらに1年の月日が流れ、91年5月、キャッツは開店から7周年を迎えた。

「キャッツの7周年に合わせて、キャバクラ業界を底上げするようなイベントを行なおうと思う！」幹部会で宏はそう言った。

「イベント…それはいったい、どんなものなんですか…⁉」

幹部からのその言葉を待っていたと言わんばかりに宏は口を開いた。

「キャッツ7周年記念パーティーを開くんです！」

「えっ!? パーティー…ですか…!?」

幹部たちは拍子抜けした。宏が改めて言うくらいだから、キャッツのオープニング・セレモニーとして行なわれた「ミス・キャッツ・コンテスト」と比べても遜色《そんしょく》のない大がかりなものを用意しているだろうと考えていたのだ。

「そう！ パーティーを開いて、ウチのスタッフはもちろん、マスコミ関係者も呼んで、皆でお祝いをするんです！」

「…」確かにそれは純粋に〝お祝い会〟ではあるが、宏が喜々として語るにしては、あまりに寂しい。しかし、そう思っていた幹部たちも宏の次の言葉を聞いた時、その考えを取り下げた。

「場所は東京ヒルトンインターナショナル！ それに合わせてキャッツの写真集を発刊します！」

「えっ!? ヒルトン!? 写真集!?」ふたつの驚きに一同はそれ以上、言葉が続かなかった。

それは宏がずっと温めていたことだった。NCCを掲げ、〝夜文化の創造〟〝キャバクラの一般企業化〟を目指す宏にとって、この一大イベントは、そのために打てる大いなる一手だったのだ。

「キャバクラはいくら認知されたとはいってもいまだに『夜の世界』『水商売』と蔑《さげす》んで見る人がいます。でも、そうじゃない！　私たちは後ろ指をさされるような仕事をしているわけじゃない！　だからウチのスタッフはもちろん、この世界で働いている人たちすべてに示すんです。キャバクラもひとつの企業として、一流ホテルでパーティーを行なう時代になったんだと！」

その場所として宏がヒルトンホテルを選んだのには密かな意味があった。それは、かつて宏がこのホテルで働いていたことがあるのだ。そう…竜三と最初に店を開くという話が流れた後、宏が勤めたホテルこそ、このヒルトンホテルだったのだ。

宏はあの頃の〝使われる側〟だった自分自身に「俺はここまで来たぞ！」と伝えたかったのだ。それは、そこからまた心機一転――リ・スタート（再出発）させるための宏の内なるケジメだった。

「なるほど…それで写真集というのはいったい…!?」その言葉を受け宏は言った。

「キャバクラのウリといえば若いコンパニオンと並んでショー・タイムがあります。ショー・メンバーは、それこそ寝る間も惜しんで厳しいレッスンを受けてステージに上がっている。そんな彼女たちの記念になるような…もちろんショー・メンバー以外のコンパニオンにとってもキャッツで働いたことの記念になるような物を作るんです」

そのアイデアには、「キャバクラは決して忘れ去るような仕事じゃない。思い出の中に残せる仕事なんだ」そんな宏の想いも込められていた。そして…。

「あと、5月いっぱいで小川奈津子さんが引退するんでしたよね？」

小川奈津子とは全レジャラース系店舗の中で指名個数の頂点に立つキャッツのコンパニオンだった。彼女がこの業界からあがることを宏は大野から聞いていたのだ。

「レジャラースとしても彼女に支えてもらった部分が大いにあります。だから彼女への感謝の気持ちを込めた卒業アルバムという意味でも私はこの写真集を作りたい！」

数百人を束ねる企業のトップとしては青くさい考えなのかもしれない。しかし、この考えに一同は賛成した。

ちなみに当初、この写真集はスタッフたちのために作られる予定だったが、噂を聞きつけた客たちからの希望で店内でも部数限定で発売することとなった。消費税3％の頃、税込み3500円と安からぬ定価を付けられたその写真集は、しかしながら用意した分が即日完売となった。これはもちろん異例のことだった。

その後、パーティーの日取りが5月30日に決定すると、関係者へのレセプションや写真集の制作など、その準備は着々と進んでいった。


——1991年5月30日。

東京ヒルトンホテルの会場には、司会で呼ばれた落語家やゲストの映画監督・本山晋也など各界の著名人の他、常連客や取引業者まで分け隔てなく招待され、賑わっていた。コンパニオンたちも華やかなカクテルドレスを思い思い身にまとい、会場に艶やかな花を咲かせた。中には背中が臀部すれすれまで大きく開いた大胆過ぎるドレスを着た者もいたが、それはそれとして男性客の目を楽しませた。

訪れたマスコミ関係者たちは、そこで繰り広げられる華やかなパーティーに驚嘆した。

そして、この日の目玉はこのイベントのためにプロデュースされたショー・タイムだった。キャバクラの目玉であるショー・タイム…だからこそ宏はそれをこのイベントの花形に持ってきた。

普段とは違うステージ…目の前には著名人やマスコミたちのカメラ…そんな舞台に、さしものショー・メンバーたちも緊張した様子だったが、それだけに踊り終わった時、彼女たちは清々《すがすが》しい笑顔で互いに抱き合っていた。こうしてキャッツ7周年記念のパーティーはトラブルもなく無事、終了した。

そしてパーティーに参加した招待客たちは、誰からともなく、そのままキャッツへと流れていった。

その日のキャッツは、店は開いたが、パーティーの興奮冷めやらぬ客やコンパニオン、そして従業員たちでいつも以上に盛り上がり、店全体が宴会状態となっていた。そこにいた誰もが眩《まばゆ》いばかりの満面の笑みで、その記念日を楽しんだ。

経営者

それからもキャッツをはじめとするレジャラース各店は客足を減らすことなく順調に推移していった。その安定を支えているのは飲食店ではなく、企業として運営される経営形態にあった。

レジャラースでは宏を頂点として本社勤務の役員や幹部、その下に各店があり、そして店ごとの店長や部長などが配置され、それぞれに役割や責任が明確に決められている。だからこそ働く者はそのステップでの能力に見合った範疇《はんちゅう》で仕事を任され、そして、しなくてはならないことを明確に捉えることができるようになっていた。

それはかつて宏が25歳で社長代理となり、能力以上の責任を負わされた苦しみからきていた。企業は必要な場所に人をはめるのではなく、はまる場所に人を置く。必要とする場所すべてに人が置けるように企業が人を大切にしながら育てる。宏はそう考えているのだ。

そしてレジャラース誕生から14年が経ち、手塩にかけて育てた人材が必要とする場所すべてに配置できるようになったからこそ、レジャラースは盤石な体制となったのだ。

――だが得てして能力のある者ほど、その力を試してみたくなるのが世の常である。

それは夏の蒸し暑さが和らいで感じられるようになってきた9月の半ば。本社勤務の吉田という幹部が社長室にいる宏の元を訪ねて来た。

「社長…お話大丈夫でしょうか…⁉」

吉田は40代前半の男で、頭がキレる上に人柄も誠実なため、宏はいずれ自分の後継者にと考えていた。それだけに吉田には全幅の信頼を寄せていた。

「…ええ。大丈夫です」

プレジデントデスクの宏は吉田のその神妙な面持ちに、ただならぬ雰囲気を感じ、仕事の手を止めた。

「それで…話というのは…」

応接用のソファに席を移し、宏は正面に座った吉田に尋ねた。

「…」しかし吉田の口はなかなか開く気配を見せなかった。

その様子から宏は、何か大きなトラブルが起こったのだろう…そう推測した。ならば、吉田が話しやすいように今、起こり得るトラブルを想定し雑談の形で話し始めた。

「そういえば、最近、各お店の様子はどうですか？」

「えっ…⁉ は、はい…、7周年記念イベント以降、取り立てて大きく売り上げが伸びることはありませんが、減るようなこともありません。先日の会議でも報告致しましたが、キャッツの責任者を任せていた大野が辞めたこともたいした影響はなく、推移としては順調かと…」

「そうですか…。コンパニオンやホステスの引き抜きとかは大丈夫ですか？　キャバクラもすっかり浸透して競合他店もずいぶん増えたから…」

「はい…。その辺は各店の担当者と店長に特に注意するように伝えてあります。今のところ店に大きな影響を与えるトップクラスに引き抜きの話が来ている様子はありません」

「それなら良かった。お客様の種類は2種類だから…。お店につく〝犬型〟と女性につく〝猫型〟…。どちらが良い客というのはないけど、数としては圧倒的に猫型のお客様が多いだけに、そこには気をつけておかないとな」

　そう言いながら宏の胸中では、「引き抜かれたとかの話じゃなかったか…」と、次に想定されるトラブルを考えていた。

「…！」一方の吉田も宏が自分に気を使って話をしていることを感じ取ると…。

「社長！　実は私…独立を考えています！」

　勢いで胸につかえた言葉を押し出すかのように吉田は声を張った。

「えっ…」今度は宏が言葉を失った…。

「私がレジャラースに入社して今年で10年。節目としてはちょうど良い時期だと思います。でも、これまで育てて頂いた社長を裏切ることなどできません…。ですから社長の許しをもらい、心置きなく自分を試してみたいのです！」

「自分を試すというのは…それは…キャバクラをやるつもり…なのか…!?」宏はそれだけ言った…絞り出すように…。

「…はい」

ひと言…たったそれだけだったが、吉田は力強く言った。

「…」宏は何と言ったら良いのかわからなかった。それ以前に自分自身の気持ちすらわかっていなかった。

新冨宏個人としては、自分の力を試してみたいという吉田の気持ちは理解できる。気持ち良く送り出してやりたいという気持ちもある。

しかし吉田の上司としての新冨宏としては、部下が辞めるというのは気持ちの良いものではない。思い留まらせたい…。何より、有能な男だが、このライバルひしめくキャバクラ業界の中で一国一城の主となるには足りない部分が…教えていないことがたくさんある…時期尚早だ。

そして、レジャラース全体のことを考えるオーナーとしての新冨宏としては、吉田は自分の後継者として手塩にかけて育ててきた人材。それほどの幹部が会社を離れることは会社全体に波紋をおよぼしかねない…賛成などできるはずもない。

そんな3つの思いが宏の胸中で渦巻き、混じり合い、言葉を失わせていた。その沈黙は、わずか1分程度の間だっただろう。しかし、吉田にとっては居心地の悪い審判の時間であり、宏にとってはさまざまな葛藤と戦う苦渋の時間だった。そして宏は口を開くと——。

「少し…1週間だけ…考えさせてくれ…」そう答えるのがやっとだった。

「わかりました…。よろしくお願いします。失礼します…」吉田もそれだけ言うと社長室から出て行った…。

宏が吉田の申し出を即決せずに預かったこと。宏の性格を熟知している吉田にはその意味がわかった。そして、そのことに感謝した。なぜならそれは、葛藤し話を預かるほど、吉田を必要としていることを表しているのだから。だからこそ、吉田も宏に食い下がることなく、その場を後にしたのだ。

それからの1週間、宏は眠れない日々を過ごした。それは葛藤との戦いだった。吉田の申し出に対し、自分はどう返さなくてはならないのか。その返すべき答えを宏は、本当はわかっていた…。

（たとえ俺が反対したとしても吉田はレジャラースから去っていくだろう…。それをあえて俺に伺いを立ててきたのは吉田なりの誠意の証し…筋を通すためだ。誠実な吉田らしく…）

そこまで思いが固まっていても、「だから、わだかまりなく送り出してやろう！」という結論をなかなか認めることができなかった。できないからこそ、宏は悶々《もんもん》とした毎日を過ごしていたのだ…。

――そして1週間が過ぎていった。

宏は吉田を社長室に呼んだ。

「1週間…考えさせてもらったよ…」

「はい…」

神妙な顔つきで俯《うつむ》き気味に返事をする吉田とは対照的に、そう言う宏の表情は穏やかだった。この1週間の葛藤が嘘のように…。

「吉田くんの独立…認めよう…」

「！」その言葉に吉田は俯いていた顔を上げ、宏を見た。

「正直、吉田くんが辞めるのは、会社にとっても俺自身にとっても痛い。辞めないでくれと引き止めたいのが本音だ…」

「…」

「だが、自分の力を試したいという思い…俺にも経験があるからわかるし、その向上心があるからこそ成長できる。その思いを尊重したいと思う」

「社長…」大の大人である吉田の目には、しかし、うっすらと涙が浮かんでいた。

「これからは競合店の経営者…ライバルだ…」

「…はい」

「だが、それ以前に同じネオンという海で店の舵《かじ》を取る同志だ！　これからお前は船首に立ち死に物狂いで舵を取るんだ…船を沈めないために！」

そう言うと、宏は立ち上がると、いつもの穏やかな様子とは一転、力強い眼差しで言った。

「何かあったらいつでも来い…力になる。逆に俺が助力を頼むことも出てくるだろう。これからは同じ経営者として…同じ苦難に直面する者として、改めてよろしくお願いします！」宏は深々と頭を下げた。吉田も慌てて立ち上がると…。

「しゃ、社長…。そ、そんな…頭をあげてください…」

「…」しかし宏は頭を下げたまま、動かなかった。

「…」その姿を瞼《まぶた》に刻むと、吉田も深く頭を下げて言った。

「今までお世話になりました！　これからもご指導ご鞭撻《べんたつ》のほど…よろしくお願いします！」

そして翌月末、引き継ぎをすませた吉田は10年間勤めたレジャラースを…宏の下を去っていった…。

吉田が辞めたことで社内に多少の動揺は走ったものの、幸いにして売り上げに影響をおよぼすほどにはいたらなかった。それは吉田が抜けた負担を人知れず宏が背負っていたからだ。

この経験からしばらくの間、宏の心には失恋でもしたかのような大きな喪失感があった。しかし、その素振りを人に見せることはなかった。

その痛みを人知れず噛《か》みしめながら、宏は人を育てることの難しさを痛感した。だが、この傷心の陰では次なる試練が〝経営者〟新冨宏に襲いかかろうとしていた。

引き抜き

それは吉田が去ってから最初に開かれた幹部会の席で報告された。

「――今月末、キャッツの斜め向かいにキャバクラがオープンするそうです」

「今月末…年末商戦にぶつけるつもりか…規模は…!?」

「テナントの広さから推測すると、在籍１００人強、出勤30人といったところでしょうか…」

「そうか…。中身がわからないことには何ともいえないが、脅威となることはないと見て良いかな…?」

「はい…私はそう思いますが…」

「そうだな…。とりあえず、引き抜きだけは気をつけておくよう、キャッツはもちろん、その他の店にも徹底させてくれ」

「ハイッ！」こうして、その日の会議は大きな波風が起こることなく穏やかに終わりを迎えた。

しかし、その月の終わり――キャッツの斜め向いに『クイーン』というキャバクラがオープンしたその日、事件は起こった。

「コンパニオンの出勤はどうなってるんだ！」

それまでの大野からキャッツの責任者の任を引き継いだ角田の声が店内に響いた。それは開店を10分前に控えた時間のこと。いつもであれば、ほとんどのコンパニオンがすでに出勤し、ドレス姿でフロアに揃っている時間である。

しかし、この時、フロアにいるコンパニオンの数は15人程度と、いつもの半分ほどの人数しかいなかった。

「わかりません…。同伴という連絡も受けていませんし、自宅に電話したのですが、出ませんでした」

「自宅!?　寮じゃないのか!?」

「は、はい…。まだ出ていないのは皆、実家や自宅から通っている子たちなので…」

「…」角田の脳裏に嫌な予感がよぎった。

だが、今はそんなことよりコンパニオンの確保である。今日は月末…つまり締め日である。売り上げに大きく左右するこの日にコンパニオンが揃っていないのは致命的である。ましてや、斜め向かいでは新規店のオープン…。せっかく訪れてくれた客が指名の子がいないからと帰ってしまい、目新しいその店に流れてしまうかもしれない…。万一にも、そのままそちらの店に定着してしまったら…。たったひとつ、ボタンを掛け違っただけで盛衰が逆転しかねない危うさをはらむ〝水〟にたとえられるビジネスの厳しい現実だった。

「よそから応援を呼ぶしかないか…」

角田は本社に電話をすると、15人の応援を要請した。そして開店時間から20分ほどが過ぎた頃、最寄りの蘭○をはじめとするレジャラース各店からの応援が到着し、いつもどおりの人員となった。

しかし、いくら頭数が揃ったといっても、もともとは他店を主戦場としているコンパニオンやホステスたちである。当然、いつもどおりというわけにはいかなかったし、何より、キャッツでの指名など持っているはずもなかった。

勝手の違いから来るぎこちなさは、そのまま客に与える印象となり、居心地の悪さから客の腰を席に留めておくことはできなかった。

しかし最も甚大だったのは、常連客の多くが店に訪れなかったことだった。まるで、指名するコンパニオンがいないことを知っているかのように…。

営業中もボーイたちは合間を縫って、担当のコンパニオンに電話をするが、携帯電話が普及していない時代、唯一の頼みである家の電話はつながることはなかった。

それから3時間ほどが過ぎた頃、出勤しないコンパニオンたちの所在が明らかになった。それは角田がエントランスで常連客を迎えた時に発せられた言葉によるものだった。

「角田さんも大変ですね…」

「…はい!? と、おっしゃいますのは?」

「ここの女の子…、だいぶクイーンに取られちゃったみたいだから…」

「えっ…!?」

「もしかして知らなかったんですか!?」

「…」

「…そうですか。ここで指名してたアイから店が移ったって連絡があったんで、挨拶がわりに行ってきたんですよ。そしたら、見たことのある顔ばっかりだったから、最初はてっきり、ここの系列店かと思ったんですが、話を聞いてみたら違うって言うし。大変だなと思ったんで、こっちにも来たんですよ。僕はアイ指名でしたが、それ以前にこの店が好きですから」

「ありがとう…ございます」

角田はそう返しながらも、その心中には隠しきれない動揺が走っていた。

(なぜだ…。これだけ大勢のコンパニオンに声がかかっていたら、誰かしらは気付くはずだ。なのに、どうして誰も気付かなかった…)

しかし、その答えも次の瞬間、この客の口から知らされることとなる。

「あの…それじゃ、もしかして…クイーンの店長が、この前までここにいた大野さんがしているっていうのも…」

「!」驚きの声も出なかった…。

その事態は、そろそろ会社を後にしようかとしていた宏に告げられた。そして宏は、いったんキャッツに寄り、角田から状況を確認すると、そのままクイーンへと向かった。

　夜の世界で引き抜きは御法度だが、あくまでそれは営業中の話。営業中にスカウト行為が発見されれば、その行為を行なっていた者に罰金や出入禁止などのペナルティーが課せられる。だが、女性が移ってしまった後は、「女性が自分の意思で来た」などの言い訳ができるため、どうすることもできない。今さら、宏が乗り込んで行ったところで、どうにかできる見込みは皆無に等しかった。

　だが、宏がクイーンへと向かった目的はコンパニオンの呼び戻しではなく、大野と話をするためだった。大野は田舎に戻り家業を継ぐからと会社を去って行った。宏にとっては、ひと月前に去った吉田と並び信頼を寄せる男だったのだ…グループの看板店を任せるほど。だからこそ、確かめたかったのだ…その真意を。

　クイーンの店内に足を踏み入れると、そこには見知った顔が数多くあった。今日、キャッツに出勤しなかった15人以外にも、大野が去ったこの2ヵ月強の間に去って行ったコンパニオンたちの顔まであった。

　宏の胸中では喪失感と怒りが渦巻いていた。しかし、その渦の中心には信頼を寄せていた男に対するわずかな希望も交じっていた。この怒りや喪失感を打ち消す、〝何か〟を告げてくれるのではないかという期待が…。

宏の登場に一瞬、店内がざわめいた。

「どうしたんですか。私は飲みに来たんです。席に通してもらえませんか？」

わずかな期待が宏をその場の誰よりも冷静にさせていた。そして、席同士の間隔が広く、雰囲気も通常の客席より高級感のあるＶＩＰ席へと通されると、キャッツのコンパニオンだったアイが宏の隣に座った。

「あ、あの…しゃ、社長…」

アイはひどく緊張した様子で言葉を詰まらせた。しかし、宏はいつもの穏やかな表情を〝作り〟、話しかけた。

「このお店はどうですか…働きやすそうですか？」

「…」

それから少しの間、アイと話す宏の言葉は穏やかな口調だったが、決して無断で店を移った者を認めたり、許したりする言葉だけは口にすることはなかった。

「――お話し中のところ、失礼致します…」数分後、そう言って大野が現れた。大野は宏の正面にあるヘルプ用のスツールに腰を下ろすと、自信に満ちたような表情で言った。

「どうですか、この店は？」

「！」開口一番、放たれたその言葉に宏は、〝傷ついた〟。謝罪の言葉がほしかったわけでも、弁解の言葉がほしかったわけでもなかった。もちろん、敵意に満ちた言葉でも。だが、大野が紡いだその言葉は、宏の心にそれまでの怒りや喪失感とは違う感情を与えた。それは哀れみに近い悲しさだった。宏には大野の吐いたその言葉が、足下の見えていない背伸びをする者の言葉にしか聞こえなかったのだ。だからこそ、宏は悟った。すべてはこの未熟な男が仕組んだことなのだと。宏は泣きたいようなむなしさをこらえながら大野の質問に答えた。

「悪くはない…」

その言葉に大野は一瞬、得意そうな表情を浮かべた。しかし、宏の言葉はまだそこで終わったわけではなかった。

「…だが、この十数分間見た範囲でだが、隙もいくつかある…」

大野はその言葉にムッとした態度を露《あらわ》にした。宏もそれには気付いたが、あえて気付かないフリをして言葉を続けた。

「しかし、まだここは今日、船出したばかり…当然のことだ。そこを磨いていくことで洗練されて、その店らしさができあがっていくんだから」

そこでいったん言葉を区切ると、今度は逆に宏が質問をした。

「それよりも…家業を継ぐんじゃやなかったのか？」

返す言葉を選んだのか、一瞬、間が空いてから大野は言った。

「もちろん、嘘ですよ！　ここのオーナーからの誘いがあったんで辞めたんです」

予想したとおりの言葉が返ってきた…予想したとおりの言い方で。それは自信がない者ほど張る虚勢…強がりだった。そして同時に、宏はその挑発的な言葉の背景にあるものも理解した。

「そうか…。雇われ社長というのは俺にも経験があるからわかるが大変だぞ…ノルマが」

「！」宏の言葉に案の定、大野は驚いた顔をした。

宏はこう考えたのだ…。この店のオーナーは、キャッツのすべてを知り尽くしている大野にキャッツと同等以上の店を作ることを命じた。何らかの条件の下に。しかし、キャッツはもはや不沈艦と呼んでも良いほどの安定性を誇っている。単なる新規店を安定させるのとは求められているハードルが違う。しかし、そんなことはもともと、わかりきっていたこと。認めるわけにはいかない。だからこそ自分を鼓舞させるために強がっている。そして、宏に対しても対等のような態度をし、自分を尊大に見せようとしているのだと…。そして、その無謀なノルマがかつての仲間たちに背を向けさせ、嘘の退職理由や引き抜きに走らせたのだと。

自分をそこまでの苦境に直面させてでも得ようとしたその〝条件〟…。それについても宏は察することができた。

「でも、こうして店を開いてしまった以上、死に物狂いでやるしかないよな。たとえ始まりがお前の個人的な事情だったとしても」

「えっ…!?」驚いた表情の大野は、さらに驚きの顔で宏を見た。

「借金…被《かぶ》ってもらったんだろ、ここのオーナーに」

「…」沈黙が肯定を意味していた。

宏が出されていたウイスキーの水割りで喉を潤すと、大野はそれまでの強気な表情から一転、宏の見慣れた表情に変わり、観念したように口を開いた。

「さすが社長ですね…。全部、お見通しですか…」

大野もそこでいったん言葉を区切ると水割りをひと口飲んだ。

「500万です…。ここのオーナーに立て替えてもらったのは…」

「…パチンコか?」

「はい…あと風俗《女》と…」

「…そうか」

(どうして俺を頼ってくれなかったんだ?) そう自分の思いを吐露しそうになったが、その言葉を飲み込み宏は、そのひと言だけを言った。そして、残りの水割りを一気に飲み干した…。

帰り際、出口まで見送った大野に宏は言った。

「これからお前は…いや大野店長は、この店を守り発展させていかなくてはならない身…。大変でしょうが頑張ってください。ウチもこちらに負けないように全力で頑張りますから」

その晩、宏は一睡もすることができなかった。

翌日、月初めの幹部会の席では当然、クイーンへの対抗策が議題の焦点となった。

そして出た結論は徹底的に戦うだった。スペシャル・ショータイムの開催、割引チケットの配布など、ありとあらゆる策が用意された。それは同時にキャッツのコンパニオンと元コンパニオンがその半数以上を占めるクイーンに対しては、客足を根こそぎキャッツへと誘導させるものだった。

「対応策はこの内容で、よろしいですね…社長⁉」

このクイーン包囲網の最終的な決定を下すのは、トップに立つ宏である。この策に決定を下すことは間違いなく大野の首を絞めることになる…。だが、宏はこうなることはすでに予想し、眠れない夜を過ごして迷いは晴らしてきていた。

「はい…それでいきましょう！」迷いのないハッキリとした口調で言った。

そして、それから3ヵ月が過ぎた頃、キャッツの斜め向かいにあったクイーンという名の店は姿を消した…店長とともに。

再発

大野の一件は、吉田の時とは比べものにならないほどの傷を宏の心に負わせていた。

この騙《だま》しや裏切りが当たり前の夜の世界で20年も生きて来た宏だったが、その心は一向に〝夜色〟に染まっていなかった。それだけに人間関係では一つひとつのことで傷つき悩んだ。割り切ることなどできなかった…。

——そして宏は再び倒れた。

幹部会の席で、宏はかつて経験した死を感じさせる苦しみに襲われ、病院に搬送されたのだ。

企業というピラミッドの頂点に立つ者だからこそ味わわなければならない苦悩…そして孤独。人にもらすことを許されないその重荷は、再び、宏の心に蓄積されていたのだ…行き場を失うくらい。

退院した宏は幹部たちの計らいで数年ぶりに故郷へと帰った。そこでかつてのように時間を持て余しながらも穏やかな日々を過ごした。年老いた両親の姿に、宏は自分がただひたすら走り続けて来た歳月を改めて実感した。

宏は母との会話の中から救いの言葉を授かった。

「皆、生きる証しがほしいんじゃないかしら…その大野さんも吉田さんも。もちろん、宏も。だから一生懸命に頑張って、時に道を誤って…。でも、それが人なんじゃないかしら。確かに人が自分の元から去ることは…そして戦わなくちゃいけないのは寂しいことかもしれない…悲しいことかもしれない。でも、それは自分の元から飛び立って行ったとも考えられるんじゃないかしら」

まるで小学生を諭《さと》すかのように優しく語りかける母は敬虔な宗教家だった。それは謙虚な心のあり方を教えていた。そして、その母の言葉は…母の優しさはしだいに宏の心を癒していった。

そして数ヵ月の養生生活の後、宏は再び戦場へと戻るため、東京行きの列車に乗った。しかし、この時の宏の胸中は北九州の地に降り立った時とはまったく違っていた。

(——レジャラースで働いた人間が他店を開く…他店に移る…。大いに結構じゃないか！　ウチには男も女も外に出して誇れる人たちしかいない。そんな人たちが飛び立っていくのは業界の発展になる！　俺の夢である〝ナイトビジネスの一般企業化〟にも一歩、前進できる！　そう…喜ぶべきことなんだ！)

流れゆく車窓からの景色を見ながら宏は心の中で力強くそう叫んだ。

第四章　ロマン

ショー・タイム

現在、『キャバクラ』＝「時間制」＋「若い女の子」＋「高級感のある店内」というイメージが広まっている。しかし、それでは「ニュークラブ」に過ぎない。

一世風靡《ふうび》した「キャバレー」は、フルバンドを置き、10組程度が踊れるダンスホールがあって初めてキャバレーだった。ダンスホールのない店は、あくまで「パブ」だった。同様にキャバクラをキャバクラたらしめるためには、『ショー・タイム』という要素が必要不可欠なのだ。

ショー・タイム…それはキャバクラという客のためにあるハードの中で、唯一、コンパニオンのほうにも向いたソフトである。

ショー・タイムの持つエンターテインメント性は、キャバクラを単なる飲み屋から夜のレジャー施設へと昇華させると感じた宏は、キャバクラを創る際、その目玉のひとつとしてショー・タイムを導入した。しかし、その真意はそれだけではなかった。（ショー・タイムを踊るショー・メンバーたちは美しかった。それは外見的な美しさではなく人としての輝きだ！　きっとショー・タイムというのは、彼女たちにとって仕事である以上に熱中できるものなんだ！）

コンパニオンたちのモチベーションを上げるための、そして、この仕事にやり甲斐を感じられるための舞台…そんなコンパニオンのためにという意図もあったのだ。

しかし、ショー・タイムに出ることのできる「ショー・メンバー」となるためには、営業時間外に行なわれるダンス・レッスンに参加できることが、まず絶対条件。そして、それと同じくらい、売り上げも問われる。仮に定員8人に対して希望者が30人いた場合、その中で売り上げが高い上位8人が選ばれる。プライベートな時間の調整と、接客の仕事で結果を出すこと…つまり自己管理のできる人間でなければショー・メンバーになることができないのだ。

しかも、晴れてショー・メンバーに選ばれたとしても、その後には厳しいレッスンが待っている。特にレジャラースでは振り付けの指導を、レビュー・ショーを中心にアイドルなどの振り付けも行なっている今岡というプロの振付師が行なっている。

当然、そのレッスンは本格的で、あくまで素人であるコンパニオンにとっては猛烈に厳しいものである。しかし、それでも宏はあえて、この振付師に頼み続けていた。

「プロのように踊ることが目的じゃない。プロのショーが見たければ、プロのショーを見に行けば良いのだから。しかし、プロの世界を垣間見られるのは、とても有意義だ。それは意識をつねに高く持つことにつながる。コンパニオンとしてだけじゃなく、人としても、より輝いた女性であり続けられる」そう考えている。

厳しければ厳しいほど、努力すれば努力したほど、達成感は大きく、自分自身はもとより見た者にも感動を与えることができる。それは上手・下手という小手先の話ではなく、頑張った者だけが持つことのできる、魅力ともいうべき輝きなのだ。

言い換えれば、怠惰に見られがちな夜の世界の中で、清々《すがすが》しい魅力だ。それは宏の夢であるナイトビジネスの一般企業化にもつながっている。

しかし、経営的な観点で見た時、ショー・タイムは良いことばかりではない。ショー・タイムを行なうためには、ステージを作るための広さや照明やスモークなどの演出装置が必要だし、振付師の人件費や衣装なども別に必要となる。万一、ショー・タイムが呼び水とならなかった時、それは経営的にはそっくりそのまま損失となる。

特にさまざまな店が誕生し、客の趣向もさまざまとなってきている昨今、ショー・タイムの効果は良いことばかりとはいえないのかもしれない。だが、宏はそのリスクよりも、ショー・タイムを楽しみにする客のため、自分自身の夢のため、そして何よりショー・タイムに情熱を捧げるショー・メンバーたちのため、今もショー・タイムを行ない続けている。

クラキャバ

この20余年の間に人々がネオン街に求めるサービスは多様化し、それに応じてさまざまなサービスが誕生してきた。

「趣向が多様化し、それに合わせるように現代にはあらゆる娯楽が用意されている。ネオン街という枠に限らず、個人を対象とした趣味・趣向は、もはや画一的なもので大衆すべてをカバーすることはできなくなった…」宏はそう思っている…。

キャバクラの世界も細分化されてきた。俗に言う〝ギャル系〟の女性を集めた店、女子校をイメージさせる若い雰囲気の店、セクシーな女性だけを集めた大人の雰囲気の店、果ては流行《はや》りのメイド服を着せた店など、ただでさえ流れの速いこの世界では、これまでのノウハウだけでは生き残ることが困難となってきたのである。

とはいえ、特定の趣向に合わせて店を作るということは、店が客を選ぶということ…。だから、宏はあえて幅広いタイプの女性を集めることで、あらゆる客層に対応できるようにしている。王道ともいうべき〝正当派〟路線を貫き続けているのだ。

しかし多様化するニーズの中、それでは困難だからこそ、店のスタイルは細分化してきた。もちろん宏も何の変化もなく同じスタイルを続けてきたわけではない。宏は持ち前の柔軟なアイデアと繊細な感性で、その王道を軸にしつつ、絶妙な振り幅で時代のニーズに合わせているのだ。――そんな細分化の時代に宏は新たな一手を打った。

06年の終わり、宏はキャバクラとクラブの中間に位置するスタイル『クラキャバ』を立ち上げたのだ。それは、その名のとおりクラブを重視したキャバクラだ。若さよりも気品や上品さを重視した、客もコンパニオンもキャバクラを卒業した人のためのスタイル。『ＬＢＨＳクラブ』をブラッシュ・アップし、今の時代に合わせたものだ。

ＬＢＨＳクラブは、キャッツ卒業生の受け皿として年の頃25歳を平均としたホステスをウリとしたスタイル。クラキャバは、そのＬＢＨＳクラブを店・ホステスともに、さらなる上品さと洗練さを前面に押し出したスタイルだ。

たとえるなら、高級クラブを時間制にすることで低価格化し、誰にでも楽しんでもらえるようにした店…。しかし、あくまで〝大衆向け〟なので、その空間の開放的な造りはキャバクラをベースにし、もちろんショー・タイムも用意する。宏は数千万円以上にもおよぶ膨大な費用を、蘭○とフェニックスに惜しげもなく投下し、リニューアルを図った。

開放感を感じさせる洗練された空間。座った瞬間に違いを感じるソファ。清潔感と明るさを感じさせながらも上品さと気品さを兼ね備えたそれらの店は、これまでのキャバクラともクラブとも違う店内の印象を創り上げた。

もちろん、クラキャバでもフィニッシャーは直接、客と接するホステスである。しかし、そこはもはや老舗《しにせ》となったレジャラース。長年築き上げた堅実な姿勢は、一朝一夕では真似できない〝ブランド〟となり、ホステスもボーイも、志の高い者たちが集まってきている。

——宏の新たな試みの成否は、まさに今、客の手に委ねられている…。

蘭○もフェニックスももともと、平日でも満席や入店待ちがあるほどの人気店である。その成否を直近の売り上げなどで計るのは難しい。しかし、宏は客入りが落ちてからではなく、この難しい時代にあえて先行してリニューアルを図った。時代を見極め、先手を打ったのだ。

これまで宏は時代の流れに合わせて、ネオン街の中だけに限らず、つねに広く外の世界に耳を傾けながら、その世相をレジャラースに…そしてネオン街の中へと反映し続けてきた。そしてそれは、これからも続いていく…。

挑戦

2007年4月11日、レジャラースの…そしてキャバクラの代名詞ともいうべき『キャッツ』が20余年の幕を閉じた…。

バブルの崩壊からネオン街を取り巻く環境は大きく変わり始め、個人の娯楽に対する考え方や余暇の過ごし方が大幅に変化したからだ。ネオン街の中ではすでに不沈艦と化していたキャッツであったが、時代という大いなる激流の前では今一度、舵の取り方を考えなくてはならなかった…。

しかし宏がキャッツを閉じたのには理由があった。宏は感じたのだ…新たなキャバクラの形を探す時期が来たのだと。30年前、キャバレーの次を探す時期が来たのだと感じたのと同じように。そのためにキャッツはオープンするまでの1年間と同様に再び熟成の期間に入ったのだ。

営業したままでは、どうしても運営していくことが優先される。しかし、それではまったく新しいものを創造することは困難と考えての決断だった。もちろん、リスクはとてつもなく大きい。再びキャッツが営業される日は…新しいキャバクラ誕生の日はまだ目処が立っていない。しかし宏ならやり遂げることだろう。そして機が熟した時、キャッツは再び新たなナイトカルチャーの代名詞となるはずだ。

現在、レジャラースが有する店舗はNCC事業本部が新宿に『蘭○』、池袋に『フェニックス』と『我々』の計3店舗。JFCC事業本部が新宿に『風雲新宿』、池袋に『風雲本館』と『風雲東口』の3店舗。合計6店舗を運営している。

「これからの時代は多店舗化に向いた時代ではなくなっていくだろう…」

宏はそう考えている。だからこそ時代の激流に柔軟に対応できるよう、その身は極力、軽くしてきた。しかし、それは守りに入ったわけではない。新たなナイトカルチャーを模索しているように、蘭○やフェニックスをクラキャバへと転身させたように宏は今も、ナイトビジネスの世界に攻めに出ているのだ。バブルが弾けた時、ナイトビジネスに限らずさまざまな企業がその姿を消した。風営法や都条例などナイトビジネスには、その先行きを左右する要素は一般企業以上に多い。それでもなお、レジャラースの年商は25億円を超えている。時代の流れを機敏に読み、対応してきた結果だ。

かつて、キャバクラに限らず、ネオン街の攻めの姿勢が「多店舗化」だとすれば、それに代わるこれからの攻めの姿勢は「質の追求」だと宏は考えている…。

「繁盛する店はこれまでに作ることができた。今度はそれよりワン・ステップ上がって『良い店』を作りたい」

良い店…単純なようだが、その範囲は非常に広い…。繁盛していれば良い店かといえば必ずしもそうとはいえない…かといって、評価が高ければ良いかといえば、そうともいえない。誰が来ても「良い」と感じられる店…それは必然的に繁盛した店となるだろう。それは別個のものではない。

つまり宏はすべての面においてレジャラースを新たなステージへと押し上げようとしている…「質」を高めようとしているのだ。クラキャバはその先兵であり、新たなキャバクラの創造こそがその目的である。

齢《よわい》60歳を超えても宏は〝生涯現役〟を掲げ、今もなお、挑戦し続けている…。

20年…

2005年12月。『キャバクラ』が新語・流行語大賞で表現賞を受賞してから20年が経った。つまりキャバクラの誕生から20年が経った…。

キャバクラは今や全国の至る場所に広まり、その数は数百軒以上…。そこで働く〝キャバ嬢〟と呼ばれる女性の数は1万人以上といわれている。

キャバクラの登場は確実に夜の世界のイメージを、より健全なものへと近づけた。出勤ペースや時間の都合がつけやすく、かつ時給の高いキャバクラは、今や女子大生や専門学校生などにとって、コンビニエンス・ストアと同等以上に身近なアルバイトといっても過言ではないし、なりたい職業においてもスチュワーデスなどと並ぶ人気の職業となりつつある。

キャバクラの専門誌も登場したし、キャバクラのアイドルという意味の〝キャバドル〟という言葉も誕生した。キャバクラ店や現役のキャバ嬢がテレビに露出することも日常茶飯事で、キャバ嬢出身のタレントももはや珍しくもない。キャバクラを舞台とするドラマが高視聴率を叩き出しもした。

それらは総じて世間のキャバクラに対する興味・関心の高さであり、垣根の低さに他ならない。宏の夢である〝キャバクラの一般企業化〟に確実に近づいているのだ。宏がまいたキャバクラの種は、全国のネオン街でさまざまな花を咲かせた。それは一時のブームではなく、もはや枯れることはないだろう…。

——宏の半生をひと言でいえば、〝挫折〟である。

しかし、つねにロマンを追い求める情熱家の彼にかかれば、挫折も成功のための糧に変わる。

そして今日、キャバクラの父として、ナイトビジネス界随一のアイデアマンとして彼の名は全国に轟《とどろ》いている。しかし彼が満足することはない。

新冨宏。キャバクラを創出し、その喜びも苦しみもすべてを知り尽くし、彼は今もなお、ネオンの下にいる。そんな彼を人は尊敬の念を込めこう呼ぶ——。

〝キャバクラ王〟と…。

——そして新冨宏は今宵も新しい夜を創る…。

参考文献

●『性商伝』いその えいたろう 著　徳間書店
●『好色魂　性のアウトロー列伝』いその えいたろう 著　幻冬舎
●『昭和キャバレー秘史』福富太郎 著　河出書房新社
●『赤羽キャバレー物語』千尋 著　ワニブックス

著者プロフィール

倉科　遼（くらしな・りょう）
1950年生まれ。現在、青年誌を中心に数多くの劇画原作を執筆している原作家。代表作の『女帝』により劇画界に“ネオン街モノ”という新ジャンルを開拓した先駆者と言われている。他に、『夜王』『嬢王』『女帝花舞』『銀座女帝伝説 順子』『艶恋師』など数多くの作品を執筆している。

●本作品は事実に基づいたフィクションです。

夜を創った男たち
キャバクラ王 新冨宏

2007年5月24日　初版第1刷発行

著　者　倉科　遼

発行者　大場敬司

発行所　株式会社オフィスケイ
〒170-0003　東京都豊島区駒込1-42-1　第3米山ビル3F
TEL 03・5940・2740

発売所　株式会社実業之日本社
〒104-8233　東京都中央区銀座1-3-9
TEL［編集］03・3535・2482　［販売］03・3535・4441
http://www.j-n.co.jp/
プライバシーポリシーは上記の実業之日本社ホームページをご覧ください。

印刷・製本所　大日本印刷株式会社

ISBN978-4-408-41125-5
落丁本・乱丁本は実業之日本社にてお取り替えいたします。
定価はカバーに表示してあります。